JN060591

ケルトの白馬

ローズマリー・サトクリフ 作
灰島かり 訳

SUN HORSE, MOON HORSE
by Rosemary Sutcliff

Japanese language edition published
by Holp Shuppan Publicatins, Ltd., Tokyo.
Printed in Japan.

日本語版装幀／城所 潤　装画／平澤朋子

目次

イギリス・アイルランド 略図

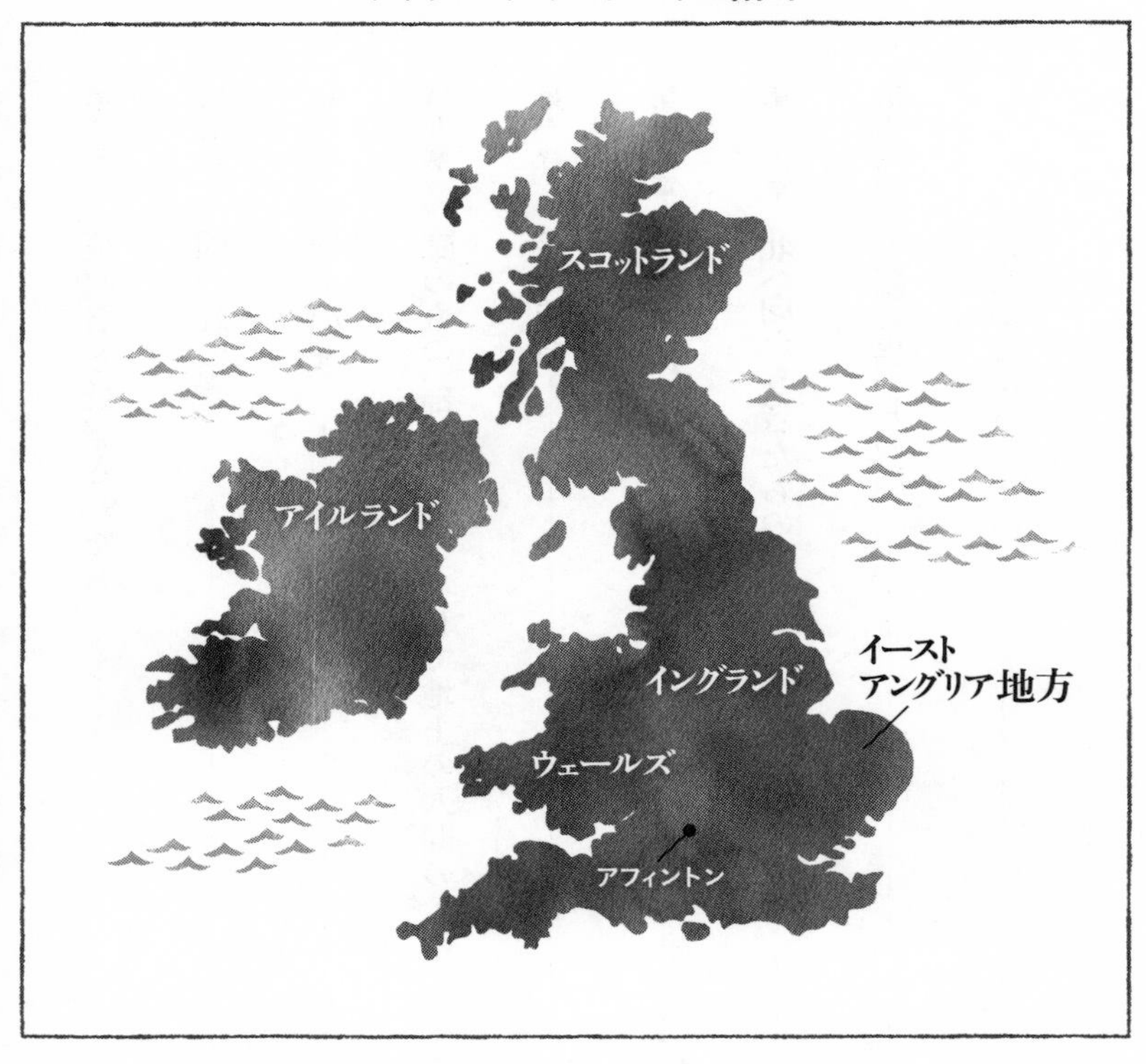

はじめに

イギリスの緑なす丘陵地帯には、地肌の白い土を露出させて描いた巨大な白馬の地上絵がいくつもあります。

その多くは期待されるほど古いものではなく、十八世紀か、もしくは十九世紀に描かれたものです。しかしバークシャー丘陵地帯のアフィントンにある白馬だけは、はるかに時を隔てた古代の遺跡にほかなりません。描かれた年代は正確にはわかりませんが、たぶんキリスト生誕の百年くらい前といわれています。ほかの白馬が静止しており、優雅な姿をしていることはあっても命の輝きをもたないのに比べて、アフィントンの白馬は生きて動いています。その姿は力強く美しく、奇跡のようです。

これほど魅力的なものには、背景に何か物語があったにちがいないと、わたしはいつも思っていました。忘れられた豊かな物語、それを語ることができたらどんなにいいでしょう。それがある日のこと、T・C・レスブリッジという人の書いた『魔女』という本を読んでいたら、おもしろいことがわかりました。初期鉄器時代のこと、イーストアングリア地方には「イケニ族」という名前の偉大な部族がおりましたが、そこからある一団が、アフィントンの白馬のある丘陵地帯に移住したらしいのです。しかし彼らはやがて、南からやってきた侵入者に追いはらわれ、その地から姿を消します。これを読んだとき、わたしのなかで物語が息づきはじめました。

そしてできあがったのが、この『ケルトの白馬』です。

レスブリッジ氏は、追いはらわれたイケニ族は後にスコットランドのアーガイル地方やキンタイア地方に移住し、エピディ族と呼ばれるようになったのだと考えています（「イケニ」も「エピディ」も「馬の部族」という意味です）。これが真実だとすると、『ケルトの白馬』の主人公ルブリンの一族は無事北の草原にたどりついたことになり、わたしの物語はある意味では、ハッピーエンドということになります。

もし、わたしの書いた本『第九軍団のワシ』の主人公、マーカスとエスカの冒険についてご存じの読者がいたら、失われた軍団のワシを探して北へ行った二人が出会ったエピディ族は、ルブリンの一族とはちっとも似ていないと思うかもしれませんね。その疑問については、あの本を書いたときには、わたしはまだ『魔女(ウイッチズ)』を読んではいなかったのだと、説明するしかありません。そしてもし『魔女(ウイッチズ)』を読んでいたなら、あの人たちをもう少し違ったふうに書いたかもしれない、と。とはいえ『ケルトの白馬』と『第九軍団(ぐんだん)のワシ』のあいだには二百年という時の流れがありますから、彼らが大きく変わったとしても、なんの不思議もないのです。

――ローズマリー・サトクリフ

第一章　夢の白馬

このあたりの丘は、高く低くゆるやかにうねって、どこまでも続いている。その丘のうねりのいちばん高いところに、堅固な砦が、まるで獣がうずくまったような形で建っていた。砦の周囲には土塁が三重にはりめぐらされている。土塁は高く盛った芝土を丸太でがっしりと補強してあり、しかもその一番外側には、このあたり特有の白亜の地面（イングランド南部の丘陵地帯は、石灰岩質を多く含むため、白い色をしている：訳注）を掘った広い濠がある。万全の守りだが、敵が来襲すれば、当然砦の出入り口に向かって攻めてくる。そこで濠と土塁を抜ける通路を入り組んだものにして、両側を壁で囲い、そのどんずまりにがんじょうな城門を築いてあった。これなら敵の軍勢が狭い通路に入ったところを、両側から弓や投石機ではさみうちにすることができる。

　こうして五世代のあいだ、砦はその場所にうずくまっていた。この砦を築いたのはイケニ族の若者たちだった。あるときはるか遠く、草原が広がる北東の平野から、女王の末の息子が率いる一団がこの丘陵地帯に押しよせてきた。彼らは若者たちのつねにならって、自分たちの土地を自分たちの力で手に入れようと、女や子どもや馬の群を引きつれてこの地にやってきたのだ。イケニ族は馬を飼育する『馬族』で、野生の馬を馴らし仔馬を育てて、馬の数を増やしていく。だから彼らにとって財産とは、金銀ではなく、所有している馬の数だった。力強い雄馬、調教前の二歳馬、仔馬を産んでくれる雌馬、二頭立ての戦車をひくよう調教された軍馬……。

　白亜の丘陵地帯にたどり着いた彼らは、この草原が馬の放牧に適していることを見てとった。こここそ自分たちの土地……。この地には褐色の肌をした先住民がいたが、力ずくで追いはらった。そして堅固な砦を築き、初めのうちは征服者の一族全員が、防壁の内側で暮らしていた。しかし今では褐色の先住民はすっかりおとなしくなり、征服者の下で暮らすことに慣れてしまった。血なまぐさい時代が、ひとつ終わったのだ。もちろん新たな侵略の月が上り、危険がせまったおりには、一族全員と大切な馬、それから場合によっては先住民までもが、砦の中に避難することができる。そのあいだに牧童たちが、残りの馬や家畜を、森のなかの秘密の場所にかくすだろう。でも平和な時代である今は、人々は丘のもっと低いところや谷間の森のなかなど、風雨をしのぎやすいところを選んで家を建て、おだやかな暮らしを営んでいた。いくつもある見張り小屋は今では、秋の駆り集めの時期に、出産する雌馬のための畜舎として使われるようになっていた。

砦のある丘はこのあたり一帯を見下ろす高い場所であり、吹きさらしの風が容赦なく吹きつける。それでも族長のティガナン直属の者たちは、今でもこの丘砦に住んでいた。丘砦には族長の豪壮な館のほかに、馬屋や牛屋、さまざまな倉、それから小さな家々も並んでいる。住んでいるのは、直属の戦士たち、竪琴弾き、祭司、それから武器や馬具などの道具を調達する工人たちだった。

族長のティガナンには、妻のサバとのあいだに生まれた息子が三人いた。族長の館の後ろに女たちの住居があり、サバと息子たちはそこで暮らしている。三人の息子のうち、上の二人は双子で、ブラッチとコフィル。双子より二歳年下の末息子がルブリン・デュ。ルブリンは生まれつき肌の色が褐色で髪も黒く、赤ん坊のときから、顔に似合わないおとなびたまなざしをしていた。

イケニ族には時おり、褐色の肌の赤ん坊が生まれた。征服者の血には必ず、先住民の血が混ざるものだ。母自身はイケニの女らしい白い肌と明るい色の髪をしていたにもかかわらず、赤ん坊の肌の色は、自分の血すじから伝わったものにまちがいない……。母は褐色の赤ん坊を見て、涙を流した。たぶん母にもその暗い血が流れていたせいだろう。やがて息子のものとなる喜びや悲しみ、そして夢の一部は、母のものでもあった。それはイケニ族のほかの者なら、一生わずらわされることもなければ理解することもない心の深みにあるものだったのだが。

とはいえルブリンは、人生の最初の何年間かを、おもいきり楽しんでいた。ほかの子どもや猟犬の子犬たちと、丘砦のあちこちを転げまわって遊んでいた。

ある暑い夏、五歳のルブリンは、馬屋のある中庭で子犬と遊んでいた。しばらくすると子犬は少年と遊ぶのに飽きてしまい、どこかに行ってしまった。ルブリンはその場にしゃがんだままでいた。子犬が去ってしまって、あたりはしんとしている。ふとルブリンの目が、飛び交うつばめの上に止まった。馬屋の軒下に、つばめの巣がかかっている。

ゆらゆら動いているブヨの柱をめがけて、つばめは低空を矢のように飛んでいった。すべるように、舞うように飛ぶつばめの姿は、空に模様を織り上げているようだ。ルブリンの目に、つばめが空に描く美しい絵が見えた。華麗な模様が流れるように次々と形を変えていく。ルブリンの心のなかで何かが「その形をつかまえろ！」と叫んだ。そこでルブリンは、床のほこりを指でなぞって形を描いた。生き物を見つけた子どもが手をのばして、その生き物をつかもうとするように、黒いつばさのひらめく様子を描こうとした。でもつばめの動きが速すぎる、速すぎてつかみきれない。

中庭の奥では、族長の戦車の御者を務めるウリアンが、戦車の収納庫から狩りに使う軽い二輪戦車を引きだして、赤毛の馬を二頭、くびきにつけようとしていた。二頭は神経をいらだて、頭を振り尾を打ち、足をふみならして暴れていた。「どうどう、静かにせんか。雷の気配なんかめずらしくもなかろうが」ウリアンがなだめていた。

いつもだったら、ルブリンは馬を見ようと飛んでいったはずだ。もちろん、馬がおびえているときにまわりをうろちょろするとしかられる。それでもルブリンはできるだけ近づいて、馬を見ようとしただろう。父の馬はどれも大好きだったけれど、なかでも赤毛の一組はお気に入りだった。しかしこのときは、頭の上をすいすいと矢のように行き交うつばめに心をうばわれていた。青い空にすいこまれ消えてしまう前に、なんとかしてあの模様を描きたい……。おかげで、父ティガナンが中庭に現れたことさえ気がつかなかった。ティガナンは御者からたづなを受けとると、戦車にヒラリと飛びのり、城門に向かって走り去った。そのときルブリンに、いい考えが浮かんだ。

丘のふもとにある林から誰かが馬屋に敷くために小枝を運んだらしく、かたわらに細い樺の枝が一本落ちていた。よし、この棒を使えばいい。すいすい行き交うつばめのなかから一羽を選んで、走ってそいつの後をつけるんだ。どんなターンもひねりも見逃さずにつばめの飛ぶとおりに走る。そのとき樺の枝を後ろにひきずれば、つばめの織りなす模様が地面に描ける。一羽、また一羽と続けてやってみれば……。

樺の小枝をひろうと、上を見て身構えた。一羽のつばめが軒を離れて、まっすぐ頭の上に飛んできた。さっそくルブリンは地上でその飛行をなぞった。顔を上に向け、小枝を地面にひきずって、まっすぐに走り、それからカーブ……。おっと、つばめを見失った。ルブリンのつばめは、ほかのつばめたちの黒い集団にまぎれて、見えなくなってしまった。

はっと気がつくと、つばめの代わりに、狂ったように頭を振りたてた馬がすぐそばまでせまっていた。歯をむきだし、たてがみを燃えたたせ、鼻から荒い息を吐いている。ひづめはあたりを蹴ちらし、すんでのところでルブリンを踏みつぶすところだった。恐怖の一瞬の後、馬はグイッとたづなを引かれて後ろ足で立ち上がり、戦車ごと片側に寄った。ルブリンは戦車のわきから、怒った父の顔を見上げた。

「いったいなんだっておまえは、馬の前に飛びだしてきたんだ。馬の女神エポナの名にかけて、答えろ？」父は、恐慌をきたしている馬をなだめながら、厳しく問いつめた。

ルブリンは気をとりなおして、族長の眉根にかかる黒雲を見つめた。つばめの模様を描こうとしていたことは、複雑すぎて説明できない、と直感した。「ぼく、つばめのまねをして遊んでたんだ」

「つばめはつばめでも、おまえは死んだつばめになるところだったぞ。しかも大切な馬を驚かした」

御者が、ルブリンを抱きかかえて向こうへつれていこうと飛んできたが、ティガナンはそれを止めた。

ルブリンは黙っていた。言うべきことが何も見つからない。だまったまま、父と息子はおたがいを見つめあった。

このときまでルブリンは、父を身近に感じたことはただの一度もなかった。父親は、大きくて強く立派で恐ろしいもの、強烈な太陽と雷の黒雲が合体したようなもの、そしてめったに姿を見ないもの、そんな遠い存在だった。しかし今、怒っているティガナンの青い目を見ているうちに初めて、この人は確かに自分の父だという実感がわいてきた。しかもうれしいことに、ほかの人と変わらないふつうの人間じゃないか！　同じように父のほうでも、感じるものがあった。ティガナンがルブリンを正面から目にとめたのは、生まれたときについで、これが二回目だった。このできそこないの子ども、金色の子どもたちに混じった黒い影……。しかし少年を見つめるうちに、父の心は晴れていった。この子は見どころがあるではないか。馬に踏みつぶされかかったというのに、悲鳴もあげなかった。車輪のふちにようやく背がとどくだけのチビのくせに、ひるむことなく父の目を見返している。

「きなさい」父の口から、自然に言葉がでた。「われわれは鳥族ではなく、生粋の馬族だ。いっしょに放牧場に行って、雌馬たちの様子を見るとしよう」

ルブリンがわけがわからないでいるうちに、父はかがんで、ルブリンを戦車に引きあげ、自分のとなりに座らせた。ピシリとムチを入れると、戦車は跳ぶように走りだした。

ひづめを高らかにならして西の城門を通りぬけた。丘の尾根を結ぶ道は、白亜の土がむきだしで白々としている。ティガナンのムチがヒュンヒュンとうなりをあげ馬の背中の上であざやかになると、赤毛の馬たちは全速力で疾駆した。

高くそびえる丘の要塞を離れると、右手になだらかな土地が広がる。丘の下のほうでは麦が栽培されており、刈入れをひかえて、麦の穂が銀色に光っている。そのはるか向こうの低地には、うっすらと青い森が見える。左手は北の方角にあたり、森が近い。人がすっぽりかくれるほど高くのびた草がびっしりとはえていて、近づくと呑みこまれてしまいそうだ。太陽が空高く輝き、ひばりの声が聞こえるなか、戦車は白い丘の稜線をひたすら走った。

父と息子は、イバラの茂みや木立を抜けて、ひらけた場所のある南へと向かった。死者を埋葬した土まんじゅうがところどころにあって、道しるべの役目を果たしている。足元の芝草は、夏の終わりとともに枯れて、赤茶けている。その芝草が、疾走する二頭の馬の足の下を、ビュンビュンと飛び去っていく。馬のひづめの音と鉄の輪をはめた車輪のたてる音が、雷のようにあたりに鳴りひびく。編んだ皮をはった戦車の床が、足の下でぶるぶる震動する。戦車があんまり跳ね上がるので、戦車の側面によりかかっているのが難しくなった。ルブリンは、頼りになるのはこれしかないとばかりに、大きく股を開いた父親の足にしがみついた。双子の兄のブラッチとコフィルだったら、風に向かって叫んだり歌ったりと大騒ぎをしただろう。でもルブリンは静かだった。おかげで父は、息子がおびえて声も出ないのかと苦々しい気持ちになりかけた。しかし少年の顔を見て納得した。少年はおびえてなんかいない。叫び声も歌声も、少年の内側で高らかにあがっているのだ。

その日ルブリンは生まれて初めて、馬の大移動を見た。牧童たちは、夏が終わる前に馬にたらふく草を食べさせようと、馬の大群をひとつの草地から別の草地へと移動させていた。こんなに家から離れたのも初めてなら、父と親しくしたのも初めてだった。どれひとつをとっても、この一日を永遠に記憶にとどめるだけの大事件だった。確かにルブリンはこの日を胸にきざみつけ一生忘れることがなかったが、しかしその理由はまったく別のところにあった。この日ルブリンの胸に焼きついたもの、それは輝く白馬の姿……。

その日は朝から遠くで、雷のゴロゴロいう音がしていた。夏の終わりらしい、いつ稲光がしてもおかしくない空模様だ。草原ややぶの低木を揺らす、むうっと暖かな風にも、雷の気配が感じられた。最初にルブリンの目に留まったのは、野性馬の小さな群れが早足で尾根を駆けていく姿だった。近くの芝土の坂には太陽が照りつけているというのに、馬の向こうの空には黒光りする嵐の雲がむくむくと集まっている。

馬の群れのなかから、一頭がするすると前に出た。たてがみと尾を風になびかせ、白い姿が黒雲のなかに浮かびあがった。草の下の白亜の土より白く、さんざしの花よりもなお白い。濃い色の馬たちがもつれあって、あとに続く。だが白馬が見えたのは、ほんのつかのまだった。突然、稲妻が黒雲を割って炎の舌を出し、地上をひとなめした。その一瞬、稲光に照らされた白馬は、馬の形をした白い炎となった。そしてこの白い炎が、族長の末息子の心の内奥を焦がした。焼き印をあてて子馬に印をつけるように、この白馬の姿はルブリンの心に永遠に焼きつけられた。

そのあと、白馬は恐怖のため鼻息を荒くして身をひるがえし、ほかの馬もろとも丘の向こうに消えていった。同時に雷鳴が空にとどろき、空が落ちんばかりの怒号となり、白亜の谷をふるわせた。雨が狂ったようにたたきつけてきたので、父親は暗い色のマントのすそを広げて、息子をすっぽりとおおった。

後で太陽が再び顔を出し、ありとあらゆるものの上に再び光があふれた。でもそんなことはどうでもいい。ルブリンの心に深くくい入り、一生消えることがなかったのは、あの幻のような白馬の姿だけだった。

第二章　大広間でのけんか

秋がきて、ルブリンに妹が生まれた。祭司が聖なる角笛で「月の呼び声」を吹いたおかげで、丘じゅうに知らせがいきわたり、その晩は族長の館での大祝宴となった。

息子は息子で役に立つが、ルブリンの部族では、族長の地位は父から息子に伝わるものではなかった。族長のあと継ぎとなるのは、族長の娘と結婚した男なのだ。ティガナン自身も先代の族長の娘「世継ぎの姫」の婿となり、族長の地位についた。そのティガナンに今、娘が生まれた。これで彼の死後も、族長の血筋は絶えることなく続いていく。このめでたい出来事を祝う宴だった。

いつもならルブリンは、大人が飲み食いする時間には、女たちの住居で自分の毛皮にくるまって眠っている。でもきょうは特別の晩だ！　女たちが忙しくしているのを幸い、ルブリンはじめ丘砦の子どもたちは、猟犬といっしょにテーブルの下にもぐりこんだ。戦士たちは残り物の肉や骨をテーブルの下の犬に投げてやり、子どもたちもその分け前にあずかった。おかげでルブリンは生まれて初めてというほど、ブタ肉やはちみつ漬けにしたアナグマの肉を腹いっぱいつめこんで、幸福な気分を味わっていた。

乾杯がにぎやかにくり返された。生まれたばかりの姫に！　そしてその姫の将来の結婚相手に！　「東の地から一族を率いてきたわれらの偉大な祖先のような、立派な婿が現れますように！」戦士たちは大声をはりあげて乾杯し、こういう特別な機会でもないかぎりめったに口には入らない高価なギリシャのワインを飲みほした。やがて騒ぎは静まり、竪琴弾きのシノックが小さな黒い竪琴をとりあげ音色を試しはじめた。シノックは大きな暖炉の端に座っていたが、眠っている楽器の目を覚まそうとするかのように、やさしく触れている。その姿は、放つ前の鷹をはげます鷹匠に似ていた。やおらシノックが頭をあげて、歌いはじめた。古い大移動の歌。はるか昔、世界の夜明けの時代に、女王の末の息子に率いられて東の草原から新しい土地へとやってきた勇敢な若い戦士たちの歌だった。

「時は満てり」末の息子は言った。
「炎の燃える胸を高らかにそらし、
いざ、西へ向かわん。
馬の群をひきいて、銀のりんごの実る地へ。
勇敢な戦士たちよ、われに続け」
ひづめのとどろきに、丘という丘はうちふるえ、
巻きあがる戦車の砂けむりは、天に昇る雲となった。

宴会のテーブルの下にもぐりこんでいたルブリンは、かきならされる竪琴の弦が、炉の炎に照らされて光るのをぼんやり見ていた。しかしルブリンが本当に見つめていたのは、音楽と詩が心のなかで織りなす模様だった。ひづめの響きや流れるたてがみが、強く深い

渦を巻く模様になっていく。その模様のまわりに、やさしい装飾音が雲のようにふわりとかかる。何百羽という小鳥たちが、馬の群れの上空を舞っているかのように。心のなかに形づくられた模様をながめているうちに、つばめの描く模様をとらえたいと願った激しい気持ちが、またわきあがってきた。

　ルブリンは自分でも気づかないうちにテーブルの下からはいでて、粗朶を敷いた床の上を、暖炉のまわりに敷きつめた板石の方へとじりじりと進んでいった。炉の火から、先端が炭のようになった薪の燃えさしが一本落ちた。ルブリンはそれをひろいあげると、頭のなかにうずまく模様を板石の上に描きはじめた。つぎつぎに形を変える模様をなんとかとらえようと夢中になり、中庭にいたときと同じように、自分が今どこにいるのかをすっかり忘れてしまった。長々と続く大広間、席についている戦士たち、ワインを入れた青銅の細首のつぼを持って動きまわる女たち。灯りは棟木に届くほどさかんに燃えている。頭の上の梁には生首のミイラがずらりと並んでいる。赤や黄の染料で染められた首は、大昔の戦いで殺した敵のものだが、今ではすすで黒ずんでいる。そういうものすべてが土煙にかすむかのように、ルブリンの目の前から消えていった。またテーブルの下にいるほかの子どもたちのこともすっかり忘れてしまった。

だんだん模様がはっきりしてきた。たぶんほかの者の目には、板石に描かれた、ただのごちゃごちゃした曲線や、点や丸が見えるだけだろう。しかしルブリンは今、形の神秘に、つばめを描いたときよりずっと近づいていた。思ったとおりの形が描けて、しかも美しい。そして不思議なぐあいに、模様は自分自身の一部だった。

そのとき突然、ブラッチとコフィルが、板石の上にかがみこんだルブリンに気がついた。双子は糖蜜菓子のとりあいをしていたのだが、ルブリンが燃えさしの棒でいったいなにをしているのかと、のぞきにきた。板石を見て、コフィルはケラケラと笑った。相手をバカにするために、乳歯が抜けたあとやピンク色ののどの奥まで見えるほど、大口を開けて笑った。それからわざと板石の上を歩いて、ルブリンの描いた模様をふんづけた。踏みつけられたところは、こすられて模様が消えてしまった。

双子のかたわれのすることはなんでもまねするブラッチも続こうとした。だがその瞬間、ルブリンのなかでカッと怒りの火花がはじけた。ルブリンが叫び声をあげてコフィルに体当たりすると、コフィルは不意をつかれて後ろ向きにひっくりかえった。大口はあけたままだが、笑顔が凍りついてぎょうてんした顔に変わった。双子のかたわれを助けようと、ブラッチが飛びこんできて、ふたりで協力してルブリンを組みふせ、殴ったり蹴ったりした。二対一のうえ、ルブリンは双子の兄たちより二歳年下で、しかも同じ年の子どもよりも小柄だった。それでもルブリンは、追いつめられた獣のように激しく戦った。コフィルは親指を噛まれて、ギャッと一瞬退いたが、手と足をブンブンふりまわして、もう一度突進してきた。

だがちょうどそのとき、四番目の少年が飛びこんできた。ダラだ。ダラの父親ドロクマイルは、直属戦士の隊長だった。ダラはブラッチの腹に頭突きを喰らわせた。

シノックは曲のとちゅうで竪琴を止めて、足もとを激しいとっくみあいが、炉端の灰に飛びこむほどの勢いでゴロゴロ転がっていくのを、おもしろそうにながめていた。盾持ちの戦士がふたり、止めにはいった。けんかをしている子犬を引き離すときのように、半分笑いながら右左と両方をたたいて、子どもたちを引きはがした。

　これで終わりだった。ルブリンの怒りの火花は消え、若い戦士につかまれたままじっとしていた。ハーハー息を荒げて、怒りと悔しさのあまり、まだしゃくりあげていたけれど、涙は流していなかった。一族の戦士たちの前で、赤ん坊みたいに泣いたりするもんか。だいいち兄たちに涙を見られてたまるか。ルブリンはこみあげてきた涙を、ぐっと胸の奥へ押しもどした。

「ひっかいたり噛んだりうるさい子犬たちだ。けんかの原因はなんだ？」ティガナン族長が詰問した。

　しばらくは、だれもなにも答えなかった。やっとブラッチが「ルブリンに聞いてよ、父上。けんかを始めたのはあいつなんだから」と言った。

　族長は金色の眉をあげて、末息子のほうを見た。「答えろ、ルブリン」

　ルブリンは答えなかった。以前につばめの飛行をとらえたいと思ったときも、そんなことを父に説明しようとしてもむだだとわかっていた。今度はあのときよりもっとむずかしい。「シノックの竪琴の音を模様にしていたのに、コフィルがめちゃくちゃにしたんだ」
などと言っても、だれがわかってくれるというんだ。あの不思議な感じが消えてしまい、魔法がとけた今となっては、自分でも何をしていたかよくわからないというのに。

「答えろと言ったはずだぞ、ルブリン」父がもう一度聞いた。

ルブリンは首をふると、そっけなく「忘れました」とだけ言った。

「そうか。それではおまえは、簡単に忘れてしまうようなつまらぬことのために、この神聖な大広間でとっくみあいのけんかを始めたというのか？」

「はい、父上」

前に戦車の車輪ごしに見つめあったときと同じに、ふたりはおたがいをじっとながめた。

ティガナンは黒い雄牛の皮をかけた族長の席に再びもたれると、言った。「よし、今回だけは大目に見てやろう。だがな、今度こんなけんかを始めたら、ひとり残らず庭につまみだすぞ。犬のようにけんかをするのなら、ムチで尻をたたいてやるから覚悟しておけ」

ルブリンの首ねっこをつかまえていた若い戦士は、親しい調子でルブリンを軽くゆすってから、離してやった。シノックの指が竪琴の弦にもどり、きらきらする音の洪水が再びあたりにあふれた。シノックの老いて弱った目が、青銅職人のゴルトのよく光る小さな目をとらえた。ゴルトは杯や盾にすばらしい渦巻きの模様を彫りつける、腕のたつ職人だ。ゴルトの描く渦巻きの模様は、風や星や、ほとばしる水の神秘を閉じこめたものだった。ふたりともルブリンが板石に描いたもの、踏まれて消えかかっているごちゃごちゃしたものがなんなのかわかっていた。それで言葉に出さずに、言い交わしていたのだ。「見たか？　われわれの兄弟が、ここにいるぞ」

でもルブリンはそんなことはつゆ知らず、ダラを見ていた。ダラは切れたくちびるをなめながら、びっくりしたような目をしてルブリンを見返した。

ダラだって、コフィルやブラッチと同じで、何がどうなったのか、わけがわからなかった。でも、わけがわからなくても、ルブリンを助けようとした。ふたりとも幼なすぎて言葉にすることはできなかったが、ふたりの心のなかで、何かが起きていた。砦の子どもたちは犬ころのようにいっしょに育つから、ふたりともはいはいの時代から、遊んだりけんかしたりの仲間だった。しかし、このとき初めて、自分たちは友だちだと、気がついたのだ。言葉を必要としないほど深いところで、ふたりはともに理解した。

ルブリンはダラに向かってにやりとし、ダラもゆっくり笑い返した。ダラがゆっくり笑ったのは、だれかに蹴られて口のなかが切れて痛かったからだ。ふたりはなかよくテーブルの下にもどると、猟犬の子犬をはさんで座りこんだ。子犬の毛にはオキアミ草がたくさんからんでいたので、ふたりでせっせと取ってやった。

頭の上では、一族の存続を守る女の子の誕生を祝う祝宴が、まだ続いていた。

第三章　商人の話

一族の暮らしはおだやかに続き、四季がくり返された。初夏には仔馬が産まれ、秋には馬の群を駆り集めて焼き印をあてる。冬になれば、まだ足ばかりがひょろ長い二歳馬を乗りこなし戦車をひかせる訓練が始まる。

あの日、「世継ぎの姫」テルリの誕生を祝う宴の席でのけんか以来、ルブリンとダラはいつもいっしょだった。もともとふたりは似ていなかったが、成長するにつれていっそう違いが目立つようになった。ダラは背が高く、日焼けした顔にそばかすが目立ち、ウルフハウンド犬のように手足がひょろ長い。いっぽうルブリンは色黒で小さく物静かだったから、かたわらにいるダラの、短い影のように見えた。でも本当のところは、ルブリン・

デュはけっしてだれの影でもなかった。

「あのふたりは同じ月のもとに生まれたんだ。ふたつに割れたハシバミの実のかたわれどうしというわけだな。そう生まれついたものは、しかたがない」と竪琴弾きのシノックが語った。

ふたりはいっしょに狩りに出かけ、いっしょに笑い、いっしょにけんかをした。同じ皿から食事をし、たいていの晩は同じ毛皮にくるまって眠った。そんな生活が九歳になるまで続いたが、九歳になると、男の子たちは少年組に入らなければならない。

春がきて、ベルタイン祭りの火が消えた翌日、その年に九歳になった一族の少年たちは、そろって少年組に入る。少年組の子どもたちは、館の前庭のいちばん奥にある、背の低い長い建物でいっしょに暮らし、戦士となる訓練を受ける。覚えなければならないことは多く、身につけなければならない技術もたくさんあった。槍での戦い方や馬の群の扱い方、獲物の追い方、刀や投げ槍や投石器の使い方。敵をどう殺すのか、悲鳴をあげずにどうやって痛みに耐えるのか。馬の大群をどう移動させるか、飛ぶように走っている一歳馬の群のなかから、どうやって一匹を選んで焼き印をあてるのか。そして戦車の組立て方。若い男たちは、一人前の戦士として戦車に乗る前に、まず戦車の御者を務めなければならない。そして御者は、自分の戦車のどこかがこわれたり古くなったりしたときには、交換や修理ができなければならなかった。戦車をひく馬の世話や訓練も、御者の仕事だ。また祭司である樫の木の賢者イシュトラからは、呪文の読み方と書き方を教わる。呪文は、柳の枝の皮をむいて、そこに彫りつけるのだ。そして竪琴弾きのシノックからは、自分たちの歴史が読みこまれている歌を習い、暗記する。こういうこと全部と、まだほかにも多くを、七年のうちに身につけなければならない。

「一人前の男になるってのは、大変なんだな」ブリンが言った。ブリンはみんなのなかで一番大きくて力も強かったが、陽だまりで昼寝をするのが何より好きだった。

ルブリンは訓練がきびしいことは平気だったが、とくに最初のころ、ひとりになれる時間がないのが苦痛だった。少年組の暮らしは、みんながかたときも離れることがない。同じ年に入った少年たちはみんないっしょに学び、眠るときも、長い建物の自分たちに割り当てられた場所で、くっつきあって眠った。自由時間でさえ、みんなはいっしょに行動した。ダラはこういう暮らしにすぐなじんだ。でもダラは、つばめの飛行や竪琴の歌、麦畑を渡る風や、疾駆する馬の群を描きたい、動くものを形に留めたい、という痛いような欲求を持ってはいない。だからおかしな模様を描いているといって、ばかにされたりいじめられたりすることもない。でもルブリンは、嘲笑の的になった。攻撃の先頭に立つのは、いつもブラッチとコフィル。ふたりは自分たちが理解できないものはばかにすることにしていた。ばかにしていないと、逆におびやかされる気がするからだろう。悪いことには、あざ笑われるのがいやで、ルブリンは模様を描くのをやめてしまった。それでもときどき、かくれて描けるときにはこっそり描いた。ルブリンはこのころ森のなかの空き地のすみに立っている大きなハルニレの木を、秘密の隠れ家にしていた。この木は、少年組に入るずっと前、ダラとはちみつを探しに森に行ったときに見つけたのだ。まん中の太い幹が大きな三本の枝に分かれているので、登りやすい。頂上近くに大きくはりだしたふたつの枝があって、壮麗な牡鹿の角のように見える。そこに座ると森全体を見晴らせて、しかも地上の世界から身をかくすことができた。ルブリンはときどき苦しいほど、あの不思議な文様を描きたくなった。そんなときには燃えさしの棒と、白樺の木をはいだ樹皮を持って、このハルニレの木のてっぺんに登った。ハルニレの木は、灰色ででこぼこしているうえに固すぎるから、樹皮に絵を描くのには向いていない。でも二本の枝のあいだには、絵をしまうのにおあつらえむきの深いうろがあった。ひどい天気のときだけは持ちださなければならないが、ふだんはここに絵をかくしておける。模様を描くためではなく、ただかくれたいという理由だけでここに来ることもあった。気に入りの枝を、風のそよぎに、細い枝がゆらゆらしなうところまで、上ってゆく。強い風が吹くと、巨大な荒馬にまたがった気分がするし、おだやかな風の日は、木洩れ日をあびながらうたたねをするゆりかごになった。南の丘はゆったりと盛り上がって、砦のある丘となり、それから入り陽の方角へと再びうねりをひそめていくのが見える。

ある日、樹上で枝にもたれていたルブリンは、おもしろい発見をした。片目を閉じてから、顔の前にニレの葉を一枚かざすと、遠くのものをいろいろ消しさることができる。砦のいっさい、少年組の建て物、ブラッチとコフィル、防壁の下の急な芝土の坂、そんなものの全部を、たった一枚のニレの葉でかくすことができるのだ。小さな発見だが、これを知ったあとでは、秘密を閉じこめた文様や自分自身のことを仲間にからかわれても、あまりこたえなくなった。「おまえたちなんか、ニレの葉一枚で消せるぞ」と思うと、平気でやりすごせるのだ。からかいがいがないとわかると、ルブリンへのいじめはだんだんに影をひそめ、みんなはルブリンが何をしていようとかまわずに、ほうっておくようになった。

ルブリンとダラが少年組に入って三年目のある秋の日のこと、ひとりの商人が北方からやってきた。美しく仕上げたなめし皮をたくさん馬の背にくくりつけ、アイルランドの金で作った装飾品を、あざらしの毛皮の袋に入れて持っていた。ここティガナンの丘砦には、毎年たくさんの商人が訪れた。防壁の下には遠くへと続く高い尾根道があり、丘のふもとには馬追いの道があるが、二本の道はともに、南北に抜ける古の交易の道と交わっていた。その道を通ってやってくるのは、たいていは馬を商う商人だった。ティガナンの一族はじめイケニの者たちは、気性の荒い馬を巧みに馴らすが、かつてはよそへ売ることなど考えもしなかった。ところがこのころ南方に、調教された馬の市場ができて、商人たちが馬を求めてひんぱんにやってくるようになった。もっとも馬商人以外にも、北からは毛皮を商う者がやってきたし、「大きな水」の向こうにある雨の森からは、鉄の槍の穂先や茶色い塩がもたらされた。ほかにも、銅の塊を持ってくる者がいて、それを原料にゴルトたち青銅職人が勇壮でしかも美しい盾や兜、酒杯を作る。南の国のワインを細首の壺に入れて、それを鞍の両脇にぶら下げて運んでくる者もいた。

　商人たちは馬を買うばかりでなく、売り物の馬を持ってくることもある。そんなときは、客用の席でもてなしを受けたあとで、砦の中の馬場で馬を見せた。それからほかのいろいろな品物を、族長の前で広げる。まず族長、それから直属の戦士たちが、品物を選ぶためだ。翌日になると、前庭に店がひろげられて、だれでも欲しい者が交渉できた。あちらからもこちらからも人が集まってくるのは、品物の売買のためばかりではなく、商人のみやげ話を聞くためでもあった。商人たちは、旅の途中で見聞きした世界中のさまざまな出来事をあちこちに広める役をしていた。

少年組は族長直属とみなされていたから、商人が訪れた最初の晩に、戦士たちにまじって座ることを許された。ふだんは戦士の食卓に参加できるのは、最年長の少年たちだけなのだが。今夜はみんながはりきって、品物を見たり話を聞いたりしようと、大広間に集まってきた。もしかしたら今夜の商人の頭のなかには、おもしろい物語がたくさんつまっているかもしれない。卵のからに中身がつまっているみたいに。たとえそれほどおもしろい話ではなかったとしても、竪琴弾きのシノックの物語とちがうことだけは確かだ。シノックの物語はもうすっかりそらで覚えていたので、たまにはちがう話を聞きたかった。

その晩の食事に羊がでたので、ルブリンは羊の肩胛骨をもらって、それに雌鹿の絵を彫っていた。雌鹿が跳ねた瞬間をとらえようと、夢中になって描いていたために、商人のことはすっかり忘れていた。ところがダラが、ルブリンの肩をつかんで引っぱって立たせた。「その絵は逃げたりしないよ。あとで描けばいいじゃないか」と、あごで絵を指して言った。逃げたりしないって？　雌鹿の飛翔の瞬間の、あのときめく感覚をもう一度つかまえられるだろうか？　ルブリンは心もとなかったけれど、それでもダラやほかのみんなにつきあうことにした。前庭の中央には、戦士たちが武器を研ぐための大きな黒い石があるが、その前を走って通りぬけると、館の門戸が大きく開いていた。松明や焚き火から出る煙がたちこめるなか、商人が袋からあれやこれやと荷を取りだして、足元に敷いた赤い布の上に並べるのを、族長は座所から身体をのりだしてながめていた。北から持ってきた毛皮は、もっと南で売ったほうがいい値がつく。そのために商人は、ほとんどを袋に残しておいたが、見事な貂の毛皮と美しい模様のある山猫の毛皮だけは取りだして、ひぐまの大きな剛い毛皮の上に重ねて、わきに置いてあった。戦士や戦士の妻たちは、ほかの品を見ようと、押し合うようにして近くに寄ってきた。

少年たちもできるだけ近くで品物を見ようと、じりじりと前に進んだ。首にはめる黄金の環がある。おき火のように暗く輝く赤いエナメルを塗ったブローチ、銅に金箔をはった豪勢な腕輪、短剣の柄には腕を組んだ男の姿が彫刻してある……。もっとも商人自身は、色黒でずんぐりしており、腕には毛がもじゃもじゃとはえているので、この手のきらびやかな品々は似つかわしくなかった。女のような繊細な手つきで、イッカクの牙で作った装身具を見せているが、それよりも、わきに積み重ねた毛皮のほうが似合っている。

　商人が小さな金色の玉を緋毛氈の上に放ったので、シャラシャラと音がした。黄金の玉は、ひとつひとつに小さな輪がついている。商人は投げた玉をもう一度集めると、ふたつ三つを両手のあいだで柔らかく転がした。

「その玉は、いったいなんに使うものだ？　前には見たことがなかったが」族長が訊ねた。

「女性のための髪飾りのりんごでございます。エリウ族の高貴なご婦人がたのあいだで今、はやっておりましてな。ご婦人がたは髪をいくつもの三つ編みにいたしまして、そうですなあ、両手の指以上の数を作りますなあ。その三つ編みのひとつひとつの先っちょを、このりんごで留めるというわけです。なかなかきれいなものでございますよ」

「ふむ、悪くなさそうだな。ところでおまえは、エリウ族と言ったか？　今回おまえは、エリウ族のところからここに来たのか？」

「はい、夏の初めごろ、エリウ族のところに参りましたが、なぜでございますか？」

族長は肩をすくめた。たいしたことではない。「エリウ族のところからは、いつもなら西の道を来るのではなかったか？」

「品物を、エリウ族のところからまず北へと運びましたんでな。それから海をこえて島へ行き、アルブ（スコットランドの古い呼び方：訳注）へも参りました。初めての道に挑戦したというわけです。ほかの商人が行ったことがないところは、まあ、たいていは行く価値がございます。ただし」商人は頭を振った。「あそこは二度とはごめんですな。なんと言っても、住んでいる人間が少なすぎます。山と海のあいだにあるのは、湖と荒れ地ばかりでして。もっとも皆様にとっては、価値があるかもしれません。あそこには空いている土地がいくらでもございましたから。ヒースの野とハシバミの森にはさまれた草原は、すばらしい放牧地になることでしょう……」

焚き火があかあかと照らすなかで、若者たちはおたがいに顔を見合わせた。シノックが歌う、古の若者たちの大移動を思い出して、みんなは胸を高鳴らせていた。みんなの血が興奮で熱くなったのを、ルブリンは感じた。目をキラキラさせたダラが、ルブリンを見つめた。ルブリンの目も光っている。商人のなにげない言葉と古い歌の記憶が重なって、この瞬間にふたりの若者のあいだに、ひとつの夢が生まれ落ちた。

ティガナンは、となりにいる妻のほうを振りむいた。ルブリンの母は、鹿の皮を何枚も積み重ねて、その上に座っていた。「サバ、わが妻よ。おまえは髪を新しい形にしたいかね？」

サバは首を振った。サバの髪はひとつにまとめられて、きれいな網をかぶせてある。これがイケニ族の女性の髪型なのだ。

「髪型を変えて、エリウ族のまねなどしたくはありませんわ。もし贈り物をくださるのでしたら、どうぞこちらにして下さいまし」サバはこういうと、磨きこまれた青銅の鏡を手にとった。裏側には青と緑のエナメルをはめこんだ見事な装飾がほどこしてあり、ねじった銀の柄がついていた。

「贈り物なのだから、自分の好きなものを選ぶのがよかろう」ティガナンはこう言うと、商人のほうを向いた。「この鏡の価は、どれほどか？」

族長と商人が交渉しているあいだに、青銅職人のゴルトが前に屈んで、手を伸ばした。

「それを見せていただいてよろしいか？」

サバが鏡を手渡すと、ゴルトは腰を下ろし、鏡を灯りのほうにかざした。三重、四重の流れる曲線が、それぞれ支流となってはくねり、今度は合流してうねる。ゴルトは模様を指でなぞった。交渉が成立したのを見ると、商人に「見事な模様だ。これなら盾の模様にしてもいいな」と言い、それからサバに鏡を返した。

商人はニヤリとした。こんなことが以前から何度もあり、ふたりはおたがいをよく知っていた。「まったくおまえさんは、何を見ても盾の模様のことしか考えないんだな。そう言えばおまえさんの仕事場には、新しくできあがった品々がいろいろたまっているにちがいない。明日の朝、この貧しい商人が訪ねてもいいかね」

「見たいというなら、いくらでも見せよう」ゴルトは答えた。「だが買いたいとなると、事はそう簡単ではないな。おれから買ったあとで、誰に売るのかが問題だ。おれの作るものは、万人向きではないんでな。しかも安くないから、欲しがる者がいても買えるとはかぎらん」

「そんなことは、とうの昔からわかっておるわい」

ゴルトは笑いながら両手を広げて言った。「おれは、安く売るつもりはないぞ」

「もちろん、見合うだけの値段をつけるとも。だれに売るか、もう考えてあるんだ。アトレバテース族なら金があるから、高く買ってくれるだろうよ」商人が言った。

「アトレバテース族という名前なら、聞いたことがある。ガリア（現在のフランスを中心とした広範囲の西ヨーロッパ：訳注）から新しい金貨をたっぷり持ってきた連中だな。しかし彼らのところにだって、自前の盾作りや青銅職人がいないわけはなかろう」

「あいつらはなかなか手強い戦車の乗り手で、勢力が盛んだ。勢力に見合った職人もいるが、ここがおもしろいところでな。豊かな連中は、めずらしい物を買うのが好きなんだ。金貨があれば物を買うのは簡単だから、人が持っていない物を買いたがる。だからいい物を持っていきさえすれば、高く売れるというわけさ」

少しのあいだ沈黙が続き、戦士たちは顔を見合わせた。そのとき族長が口を開いた。

「『狭い海』を渡ってきた部族のことなら、聞いたことがある」親指をグイッと上げて、広大な森のある南の低地の方角を指した。「彼らは北へ北へと、移動してきたらしい。『赤いたてがみ』（ローマ軍を指している：訳注）に支配されるのを嫌い、別天地を探して移住してきたとのことだ。われわれも彼らの立場だったら、そうするだろう」

それからみんなは、ここ白亜の地と森の向こう、「大きな水」へと至る広い世界のことを話しはじめた。そこには圧倒的な力を持つものがいる。彼らの戦士たちの集団は「軍団」と呼ばれ、隊列を組んで進軍する。金と銀のワシの像を先頭に立てるのは、彼らの戦の神がワシの姿をしているからだ。彼らの兜には、馬の毛で作った「赤いたてがみ」がなびいている。商人は「赤いたてがみ」に一度ならず出くわしたことがあり、おもしろい話をいろいろ知っていた。みんなは丸くなって、その話に耳を傾けた。そう、これこそがみんなが集まってきた目的だった。旅人のめずらしい話を聞くこと。

でもルブリン・デュは話に耳を傾けてはいなかった。それよりも、さっき聞いた北の国のことが頭を離れなかったのだ。海と山のあいだに、広い草原がある国……。いつの日かその地を求めて、ダラと自分とで若者たちの集団を率いていく、そんなたわいもない夢想にふけっていた。高い山々を仰いで雌馬が草をはむ、その様子がありありと目に浮かぶ。以前にそんな景色を見たことがあったのだろうか。いや、少なくとも目を覚ましているあいだには、見たことがない。耳には、新しい炉辺で、新しい竪琴弾きが、新しい大移動の歌を歌うのが聞こえる……。

ダラがルブリンの肩をゆすった。少年組に帰る時間だ。

その晩、ルブリンは夢を見た。五歳のときから見続けているあの夢……。一頭の白馬が、丘の尾根を軽やかに駆けていく。その姿は、白亜の土より白く、さんざしの花よりまだ白い。そして白馬の後ろを、まるで影が流れるように、馬の群が追っていく。

第四章　婿選びの儀式

　少年組に入ってから七年が過ぎた。ルブリンとダラ、そして同期の少年たちはいちばん年かさとなり、一人前の男となるための秘儀を迎えた。少年たちは三日の間姿をかくして、「この世ならぬ日々」をすごす。その間、女たちは弔いの歌を歌う。三日後、彼らは一族の者たちのところにもどり、戦士たちのかかげる槍のあいだを胸をはって通りぬけ、戦士だけに許された席につく。こうして少年は消え、新しい戦士が生まれる。肩や胸には、一人前の男のしるしの模様が、入れ墨と染料とで描かれている。入れ墨のあとがまだ赤く腫れていて、痛々しかった。

　ルブリンは今では、首に青銅の細い環をはめていた。ブラッチやコフィルと同じもので、族長の息子のしるしだった。それでもルブリンとダラは変わることなく、シノック老人の言う「ひとつの木の実のかたわれどうし」だった。ほとんど口には出さないが、ふたりは心のうちで、北の草原にともに移住するという夢を分かちあっていた。

一年に二回、春のベルタインの火祭りと秋のサムヘインの祭りでは、牛馬の群れが駆り集められる。秋には、家畜に焼き印をおしたり、家畜を屠る仕事もある。この時期になると馬商人が集まってくるので、ティガナンの丘砦の一帯は馬市のにぎわいを見せた。どちらの祭りも、一日の仕事が終わり夜となれば、祝宴となった。とどこおりなく年がめぐるように、作物が収穫できるように、雌馬が仔馬をはらみ、女たちが立派な息子を生むように、大事な祈りの儀式もとりおこなわれる。この年のサムヘインの祭りは、ルブリンが一人前の男となって初めて迎える祭りだが、暗い影がさしていた。女の住居で、ルブリンの母が死の床についていたのだ。サバは病み衰えて、骨と皮ばかりだった。サバの病は、祭司がどれほど癒しの術を使っても治すことができなかった。

ルブリンの頭上には、死が冷たい影を落としていた。それでも馬を駆り集める仕事はやらねばならず、族長の息子としての役割は果たさなければならない。羊などの家畜の世話や畑仕事は先住民の仕事だが、馬の群れを駆り集めることはイケニ族の男の大切な仕事だ。ベルタイン祭りとサムヘイン祭りでは、一族の男たちがひとり残らず、なにかの役割を担っている。最高の地位にある族長から、自分の槍以外は何も持っていない貧しい戦士まで、ひとりの例外もなかった。ルブリンは、二歳馬を囲いに入れる手伝いをしていた。囲いの柵をもとにもどそうと持ち上げたとき、馬市を訪れたらしい見知らぬ男がひとり、古い芝土の壁に寄りかかって、こちらを見ているのに気がついた。若い男だ。背は高くはないが、ひきしまった体つきで、太陽と風に焼けた肌をしている。まっすぐな金髪が風になびき、仔馬を見る目は青く鋭い。

「いい仔馬だな」ルブリンが見つめているのを感じたのか、その男は振り向いて、話しかけてきた。

ルブリンは無意識のうちに、その男の手や、重心を前に置いて立っている、すきのない様子を観察していた。たぶんこの男は、商人ではなく戦士にちがいない……。「こんな仔馬ではなく、戦車をひくように調教された軍馬を、見たいんじゃないのか」と聞いてみた。

見知らぬ男はほほえんだ。笑ったせいで白い歯が見えた。強そうな歯だが、歯並びは悪い。「二歳馬は二年後には、戦車をひく立派な軍馬になるじゃないか。わたしは、調教前の馬を選ぶほうが好みなんでね」

「それじゃあ、やっぱりあなたは戦車の御者なんだね。調教前の馬を見たいなら、西の草地にたくさんいるよ」そう言ってから、一瞬ためらった。「二歳馬をもっと連れてこなくちゃいけないんで、あっちへ行くところだけど、いっしょに見にくる？」

「それは願ったりかなったりだ。だがわたしは、自分の馬を商人たちがいるところに置いてきてしまった。馬を借りてもいいだろうか」

ルブリンはもう、自分の黒馬のくつわを手にしていた。そばを通った男に命じて、栗毛の馬と、馬の背に敷く乗馬用のしまの毛布を持ってこさせた。あっというまに二頭の馬は、南西に向かって、丘を駆けぬけていった。前方から左手にかけて、土地はゆったりとうねりながら低くなり、やがて川沿いの森の暗がりに達する。晴れた日ならそのはるか向こう、アトレバテース族の領地深くにある丘のあたりまで見晴らすことができる。でもきょうは、低地一帯にうっすらとかすみがかかり、薄青い煙のようにたなびいていた。そのせいで低地のあたりは幻の国のようだった……。そして幻のなかからさまよいでた影のように、暗い雲が枯れた芝土の丘の上に、広がっている。まるで押し寄せてくる大軍勢のようだ、ルブリンは突然、まるで戦車がいっせいにこちらに向かって進軍してくるような気分におそわれた。

「あなたは、アトレバテース族のところに行く機会があるだろうか？」どうしてそんなことを聞く気になったのかわからないまま、ルブリンが訊ねた。

「その前に、ガリアに行くつもりだ。馬が売り買いされるところなら、どこであろうと出かけるんでね」

「みんなの話だと、いつかアトレバテース族と戦になるらしい」

「戦？」見知らぬ男が、くるりと振り向いた。

「アトレバテース族が新しい放牧地を求めて、再び北上するっていう話だ」こう言いながら、自分の言葉で自分がおびえるのを感じて、ルブリンは恥ずかしくなった。自分は、戦士だというのに。戦士なら、自分の槍をはやく血染めにしたいと願うはずではないか。

「ただのうわさだ」ルブリンは話の腰を折った。

「誰がそんなうわさをしていたんだ？」

「長老たちだよ。よく覚えてないけど」

「長老たちというのは、どの部族でも、いつも同じことを言うものだ。戦があると言ってさえいれば、まちがいない。どうせいつかはどこかで、戦があるに決まっているからだ」

「そうだね」ルブリンは馬をかかとで蹴って速駆けをさせ、谷間をめがけていっきに駆けおりた。谷では牧童たちが仕事をしている。丘のそこここに生えているさんざしの茂みにさえぎられて、幻のような景色も、そこにただよう雲の影も、もう見えなかった。

その日の夕刻、城門を帰ってくると、女たちが泣き叫んでいる声が聞こえた。母が死んだのだ。その日いっしょに馬を走らせた見知らぬ男のことは、ルブリンはもう思い出すこともなかった。

ルブリンの母は、寝台に横たえられていた。首にはいちばんの気に入りだった青いガラス玉の首飾りがかけられ、わきには銀の柄のついた青銅の鏡が置かれている。秋らしい長雨の夜となったその晩を、ルブリンは母の死を悲しんで泣きあかした。十七年前のルブリンが生まれた晩に、母が泣いたのと同じように。

静かに日々の営みは続いていった。

さて、テルリはまだ十二歳だが、婿選びの儀式をしなければならなかった。ふつうなら彼女が十四歳になるのを待って、それから婿選びがおこなわれ、数日後には婚礼の儀式が続く。ところが母のサバが死んだ今では、世継ぎの姫のテルリが役目を果たさなければならない。若い戦士たちのなかで誰がテルリの夫となり、ティガナンの死後部族を率いるのか、早急に決めなくてはならなかった。

時をおかず、婿選びの儀式の日となった。一族の祭司、樫の木の賢者イシュトラは、夢見の杯を飲みほした。杯のなかに入っているのは、ある種の薬草をひたした蜜酒で、これを飲むとイシュトラの魂の目が開く。酒を飲みほした後に、イシュトラは丘にある洞穴に下りていった。そこは神聖な場所で、芝土の低い壁に囲まれて、九本の聖なるりんごの木が生えている。祭司は、一番古いりんごの聖樹の下に身を横たえて、眠りにつくのだ。眠りのなかで、彼らの偉大な母、馬の女神エポナが訪れ、選ばれし者の名前を告げてくれるのを待つために。

その晩は霧雨が煙るように降っていたが、イシュトラは、聖なる場所で馬の毛皮にくるまって眠った。そのあいだも、大広間と中庭では、盛んな宴が開かれていた。しかし、見よ、あれは暁の最初の光！　かすかな光が射しはじめたとき、宴は波がひくように静まっていった。男たちはみな、その晩は一晩中開いていた西の城門に顔をむけ、ひたすら待った。丘砦は息をひそめたような沈黙に包まれた。

ついに、丘砦へ上ってくるゆっくりとした足音が聞こえてきた。あたりがあまりに静まりかえっていたために、足をひきずるかすかな音が、朝の世界いっぱいにとどろきわたるように感じられた。とうとうイシュトラが、砦の入り口にある大きな石の上に立ったのが見えた。儀式のために身体に描いた模様は雨でにじみ、目のまわりはクマで黒ずんでいる。彼の姿には眠っていたような様子はひとかけらもなく、まるで長い旅から帰ってきた男のようだった。

砦は息をひそめたまま、まだ静まりかえっている。若い戦士の集団のなかに、ダラとルブリンが並んで立っていた。静けさのあまりルブリンの耳には、かすかにささやいているような秋雨の音が聞こえた。丘の上をサワサワと吹きわたる風の音も、それから馬屋で馬が足踏みする音も。

みんなは下がって、イシュトラに道をあけた。イシュトラはゆっくりと前庭を横切り、大きな黒い武器研ぎ石のわきを通って、館の門口で待っているティガナンの前にやってきた。

ティガナンが、儀式に定められている質問を口にした。「その地にわたったか？　見えることが、かなったか？　われらの問いは、発せられたか？　そして答えを持ち帰ったか？」

イシュトラは答えた。彼の声は、霧を渡る風のそよぎにもかきけされそうなほど、かすかだった。「その地にわたった。見えることがかなった。問いは発せられた。そして今、答えを持ち帰った」

「では、その答えを口にするがいい。われらはその答えを、待っていた」

イシュトラは族長のとなりに立って、前庭に集まった人々の顔を見渡すと、突然、両腕を上げた。イシュトラの声は、今度はまるでトランペットのように高らかに響き、その場の沈黙を引き裂いた。「心して聞け、わが馬の民よ。われ、イシュトラは予言の眠りを眠り、万物の母たる、馬の女神エポナと言葉を交わした。女神は、その者の名前を告げられた。世継ぎの姫の花婿となるべき者は誰か？　族長ティガナンの命が尽きたとき、われらの槍を率いるべき者は誰か？　神託は下された」

もう一度、人々は静まりかえって、答えを待った。風のそよぎと、馬屋で馬が足踏みする音だけが聞こえる。

それからいっせいにみんなが叫んだ。「その名をわれらに告げよ、われらが祭司、樫の木の賢者イシュトラ」

再びあたりはシンと静まり、再びイシュトラがそれを破った。「皆の者、万物の母たる女神はりんごの聖樹のもとに座っておられた。かたわらで雌馬は草をはみ、仔馬は女神の膝のりんごの実に鼻をこすりつけていた。女神が聖なる地で告げし名前、その名は、ダラである！　ドロクマイルの息子、ダラだ！　ダラこそが、世継ぎの姫の夫となるべき者、そのときが訪れしときには、われらの長となるべき者なり」

男たちのあいだから、ときの声があがった。「ドロクマイルの息子、ダラ！　ドロクマイルの息子、ダラ！」

ティガナンが前に進んだ。ルブリンは激しいショックを受けた。信じられないという気持ちで、腹のあたりが冷たくなった。かたわらのダラは、何のことかわからないというように、一瞬立ちすくんだ。それから、ダラのいた場所がぽっかりと空いた。血よりも濃い絆で結ばれたルブリンの親友は、族長と言葉を交わすために、人々の輪のまんなかに進みでていった。

ダラは、族長の手を自分の両手で捧げもち、自分の額につけた。男たちは、叫び声をあげ、槍の石突きを地面に打ちつけた。槍の音があまり続くので、やがて足下の地面そのものがドクンドクンと音をたてているような気になった。地面の下はるかかなたに、眠っているおおいなる心臓があって、あたかもそれが動悸を打っているかのように。

ルブリンはそっとひとりで砦を抜けだし、馬の放牧場のほうに下りていった。放牧場と放牧場のあいだにはみぞがあって、秋の駆り集めの時期には、これが馬追いの道になる。ルブリンはその道を走って、谷間の森に向かった。頭のなかはまっ白だったが、足が勝手に動いて、森の空き地の大きなハルニレの木に向かっていた。少年組の暮らしがつらくなったとき、この木の隠れ家がどんなにルブリンをなぐさめてくれたことか。ルブリンの身体はひとりでに動いて、登りはじめた。自分の家に帰る道なら考えなくてもたどれるように、どの枝を伝えばよいか、よくわかっていた。じきにルブリンは、気に入りの枝に身体を預けていた。もうおおかたの葉が落ちていたが、それでも下をながめると、白樺やハシバミ、コナラのやぶが、秋の薄日に金色や赤茶色に輝いている。ハルニレの木の灰色の樹皮には細かくひびが入り、雨にぬれてまっ黒に見える。それでも隠れ家は、いつもと同じように、そこにあった。きょうは、丘の頂にうずくまっている砦のほうを見る気にはなれなかった。父の砦、でもニレの葉っぱ一枚で消すことができる砦。ルブリンは腕に顔を突っ伏して、自分自身のなかにある闇を見つめていた。頭が空になったようだった。

　めずらしいことに、テルリのことも少し気になった。女の住居にいるテルリに、祭司の言葉がもたらされたとき、テルリのそばにいたらどんな気がしただろう？　テルリのことはよく知らなかった。ルブリンが少年組に入ったとき、テルリはまだ四つ。ぽっちゃりした小さな女の子で、欲しいものが手に入らないと、ワンワン泣いた。彼女は今、泣いているだろうか。それとも喜んでいる？……考えるのを止めて、ただ横になり、ぼんやりと暗闇を見つめていた。それでも自分が寄りかかっている木の枝に、生命の力が脈うっていることは感じられた。

　しばらくすると、下のほうからカサカサと草を踏む音が聞こえてきた。何かが、誰かが、近くにきたらしい。目を開けると、入り組んだ赤茶色の枝ごしに見えたのは、ダラの姿だった。

ルブリンは枝からするりと下りて、その枝にぶら下がると、つま先で次の枝をさぐった。もう一度ぶら下がり、さらに下の枝に移った。こうして枝から枝を伝って、ちょうどダラが木の下にきたときに、地面に飛び降りた。だれかが自分を追って隠れ家に登ってくるのを待つよりは、隠れ家から出て、会ったほうがよかった。

ふたりはそこに立って、おたがいを見つめあった。青い目は熱く、黒い目は冷ややかだった。ふたりが見つめあっているときに、冬の訪れを告げるような冷たい風が森の淵をさぁーっと吹きぬけていった。一陣の風は、枯れたあざみの花や、夏のなごりのジキタリスのささくれた枝をゆらし、雨のしずくをはらはらと落とした。

「迎えにきたんだ」とうとうダラが口を開いた。「まだ宴は続いているから」

ルブリンはあたりが暗くなりかかっていることに気がついた。

「ここにいるってどうしてわかったんだ？」

「少年組にいたのは、そんなに昔のことじゃないだろ」

でもこの木のことだけは、ダラにさえ教えていなかったはずなのに。

ルブリンの表情を見て、ダラは、まるでルブリンが実際に口に出したかのように、質問に答えた。「おまえは、新しい黄色のズボンをやぶったことがあっただろ。あのときこの木の枝に、黄色の布のちぎれたのがひっかかっていたんだ。あれを見つけたのが、このおれで、ほかのやつらじゃなくてよかった」

「誰が見つけたって、かまうもんか。木登りなら、だれにも負けない」

「それはおまえが、りすみたいに小さいからさ」

ふたりは笑った。ふざけあっていれば、以前から続いている気のおけない友情がとりもどせるとでもいうように。でも、のどに固まりができてしまって、笑い声は消えた。もう昔と同じようにはなれない。ふたりとも何も言わずに、ただ見つめあっていた。いつかいっしょに北に行こうというふたりの夢が、ふたりの間で砕け散った。若い戦士たちを率いて北の地に向かうという夢がもし実現するとしても、ルブリンはたったひとりでそれを実行しなくてはならない。今となっては、ダラはけっしてこの白亜の丘を離れることはできないのだ。

ふたりは腕をおたがいの身体にまわして、一瞬きつく抱きあった。別れの儀式のように。

それからルブリンが言った。「行こう。宴にもどらないといけない」

第五章　南の脅威

イケニの女たちは、十四歳になるまでは結婚を許されない。そのためダラとテルリが本当に結ばれるまでには、ほぼ二年待たなければならなかった。婿選びの儀式の後もおよそ二年間、テルリは娘として女たちの住居ですごし、ダラはダラで、ほかの若い戦士たちといっしょに寝起きしていた。だから、祭司イシュトラがりんごの聖樹の下で神託を受ける前と、表面上は何ひとつ変わったことはなかった。

あれから二回、丘は雪をかぶり、一族の男たちは夜な夜な先住民とともにオオカミの見張りに立った。あれから二回、丘は夏の日差しを浴び、芝土は枯れてすべりやすくなった。南風はマツムシソウの青い花をゆらし、クローバーやタイムの香りを運んできた。仔羊や仔馬が産まれ、春先には、ルブリンの隠れ家のハルニレの木が、紫の小花の雲におおわれた。

そして今や、アトレバテース族との戦の話をするのは、長老ばかりではなくなった。南からやってくる商人たちの話が、きなくさくなった。武器が手入れされている……新しい戦車が仕立てられた……戦車につける馬車が調教されている……。族長ティガナンは、イケニ族の南の土地境の見張りをかたときも絶やすな、と命令した。さらに丘砦の東の門は閉鎖され、門に続く土手道は壊された。こうしておけば敵が攻めてきた場合、守らなくてはならないのは、ただひとつの門だけだ。

とはいえ何事もなく時は流れて、再び収穫の季節が巡ってきた。丘の斜面では麦が穂をたれ、鎌で刈りとられるのを待っている。ダラとテルリの婚礼は、収穫がすんだあとの最初の新月の晩にとりおこなわれることになった。地面を平らに均した脱穀場で、女たちが脱穀にはげむ季節だった。

新月を迎える日、朝がしらじらと明けたとたんに、一族の者たちが集いはじめ、時間がたつにつれて、人数はどんどんふくれあがっていった。イケニ族の多くは、丘の向こうの低地の森に集落を作っていたが、その集落という集落から、人々が群れをなして集まってきた。着飾った戦士たちはいちばんいい馬にまたがり、妻たちは聖なるバーベナの花を髪に編みこんでいる。じきに丘砦は、ベルタインの祭りのときと同じように、人々であふれかえり、話し声や笑い声、馬のいななきや足を踏みならす音、竪琴にあわせて歌う声でさんざめいた。黄色や青、深紅のマントがひるがえり、短剣やブローチが鈍い光を放っている。調理場のほうからは、鹿や羊や子牛を丸焼きにする、食欲をそそる匂いがただよってきて、鼻孔をくすぐった。

やがて夕刻となり、物影がしのびより、水色だった空はゆっくりとその色を失っていった。館と武器研ぎの石とのあいだに、七種類の木をくべた焚き火があかあかと焚かれると、にぎやかに集まっていた人々は静まりかえった。男も女も西の方をながめては、日没の名残りの光のなかに、新月が、ふるえる糸のようにかすかにかかるのをとらえようとしていた。

ルブリンもみんなといっしょに新月を探していたが、とうとう見つけた。その新月はまだふるえる糸にさえならず、白い亡霊のように頼りなかったが、それでもついにその時が来たことを告げている。ひそやかなささやき声があたりに広がっていった。この時をぴたりととらえて、館の後ろにある女の住居から牧笛の高く澄んだ音が晴れやかに響いてきた。それに続いて、柔らかく陰影に富んだ女たちの声が、花嫁の歌を歌うのが聞こえた。それからあたりの音を全部飲みこむような、聖なる雄牛の角笛がとどろきわたった。神言を告げる角笛の音だ。

角笛のこだまが消えると、館の門口に、祭司たちに囲まれて族長ティガナンが現れた。神の面をつけ馬の毛の飾りを高々とかぶったティガナンは、人間ではなく、神として姿を現したのだ。見よ、腕には、不死ならざる人間がつけることは許されない神聖な腕輪が巻かれているではないか。きょうのような最大の儀式の場では、族長は人間であることをやめて、より高い存在、祭司長、神の御使い、族長神として現れる。そして、一族のものたちと生と死の創造主の境界に立つ。こうして、畏れにみちたあちら側の世界をかいま見せて、人々の胸に忘れられない印象を刻む。

再び雄牛の角笛がとどろきわたった。砦の女たち全員を後ろに従えて、テルリが女の住居からしずしずと出てきた。テルリはまっすぐに静かに歩いていた。なんと堂々としているのだろう。そしてなんと背が高いのだろう。ルブリンには、テルリはたった一晩で背丈が伸びたように思われた。たぶん頭に被っている月の飾りのせいだ。テルリのほっそりとした首には重すぎるような銀の板の飾りが、ゆらゆらとゆれている。彼女がひどく遠い存在に思えるのは、額に白い色で描かれた月の模様のせいだろうか。

男たちのあいだから、ダラが進み出た。ふたりは大広間の祭壇に進み、神の面をつけた族長の前に立った。

すると神の面の向こうから族長のくぐもった声がして、儀式にのっとった問いをなげかけた。

「おまえに身を預けるこの娘に、おまえが与えるものは何か？」

ダラは、この問いに古い古い言葉で答えた。はるか昔、一族がまだ狩猟しつつ移住して暮らしていたころから伝わる答えだった。「わが狩りの獲物は彼女の糧、わが盾は彼女の家、わが槍は害をなすものから彼女を守り、わが心は彼女を暖める。この娘に与えるものは、かくのごときものなり」

「よかろう。誓いはなされた」神の面の向こうから、くぐもった声が言った。

樫の木の賢者イシュトラが、大きな青銅の杯を捧げもって、前に進んだ。杯の上には、ひとふりの短剣が載っていた。ティガナンは短剣を取ると、すばやい動作で、まずダラの手首の内側を軽く切り、つぎにテルリの肌を切って、ふたりの血を数滴ずつ、杯にこぼした。杯のなかには、九本のりんごの聖樹からもいだ実で作ったりんご酒が注がれていた。男と女を結びつけるのは、いつもりんご酒でなければならなかった。

ダラとテルリは杯をとり、しきたりどおりにふちに両手をそえて、中身を飲みほした。こうして儀式は終わった。

ルブリンは、ふたりが並んで立ち、ともに杯に両手をそえるのを見ているうちに、このふたりは自分たちでおたがいを選んだわけではないが、似合いの一組だという気がしてきた。ふたりのために、喜んでやらなくてはならない。

儀式のあと、食べ物がどっと運ばれてきた。人々は、七種の木を焚いた焚き火のまわりに集い、砦じゅうが大がかりな饗宴の場となった。いつまでも暮れない夏の薄闇に、そして焚き火の火影に、ぶどう酒や大麦製のビールを満たした大きなつぼを運ぶ女たちの姿が浮かびあがった。さらに夜がふけていき、本物の闇が訪れると、男と女の踊りが始まった。長い二本の列を作った男女が、おたがいに向きあって踊る。踊りはゆっくりと始まり、盛り上がるにつれて速くなる。弦楽器が高くひきさくような音を奏で、オオカミの皮を張った太鼓が、こぶしで、指で、そして手のひらで連打され、ずきんずきんと熱いリズムがきざまれる。二本の行列は、それぞれがダラとテルリを先頭にして、へびのようにくねる。戦士たちは向かいにいる女性の手を取ると、列を離れて、ふたりで炎のまわりをくるくると回る。速く、もっと速く、右へ右へと太陽の向きに回れ。ふたりの影がまるで炎に踊る巨大な黒い蛾のように、飛びまわる。ルブリンは、奥地の集落からきた赤毛の少女と踊っていた。少女ははじけたように笑いつづけた。しかし突然、太鼓のきざむリズムの向こうに、別の鼓動を聞いたような気がした。もっと緊急な、圧倒的に緊急な音が近づいてくる。胸騒ぎのようなものが、実際の音へと変化した。同じとき、ほかの人々にもその音が聞こえたらしく、太鼓がひとつまたひとつと静かになった。踊り手たちも、手の動きを止め足の動きを止めて、急に根がはえたように立ち止まった。どの顔も、たったひとつ残った城門のほうを向いている。夏の固いわだちを、馬が駆けてくる。狂ったような、倒れんばかりのひづめの音。首がもげそうな猛烈なスピードはゆるむ様子もなく、こちらに向かって近づいてくる。土手道にさしかかった。城門に突っこんでくる。暗闇から、焚き火と松明の光の洪水のなかへ。馬の乗り手は、馬を止めるひまも惜しんで伝言を叫ぶと、疲労困憊しきった気の毒な馬からどうっと落ちた。

「アトレバテース族だ！　アトレバテース族が南から攻めてきたぞ！」

長老たちの警告が、ついに現実のものとなった。結婚祝いの饗宴で始まった夜は、混乱のうちに戦の準備に突入した。馬は集められ、森のなかの秘密の場所に隠された。馬も丘砦に入れられるといいのだが、敵の攻撃がすぐ終わればともかく、攻撃が長びいた場合、砦の水が不足する。雨水を貯めてはあるが、人間と軍馬、それから食糧にする牛の分がせいぜいだ。

やはり軍馬以外の馬は、森に守ってもらうしかない。森は馬に、水と草をめぐんで養ってくれる。戦車の準備が整い、戦場に持っていく食料のバノック（大麦を原料にした、パン種を入れないで焼くパン：訳注）が大急ぎで焼かれた。戦士たちは、刀と槍の刃を、大きな黒い武器研ぎ石で研いだ。

夜が明ける前に二回、南からの見張りが、敵の消息を伝えてきた。攻めてくるのは小さな急襲軍ではなく、大軍勢だった。見張りによれば、戦車が三百台以上で、そのほかに騎馬隊がいる。彼らは、丘陵地帯を西へ抜ける山道をめざして進軍している。山を越えれば、その先をさえぎるものは何もない。ひときわ高い丘に立つこの輝かしいイケニ族の要塞は、追いつめられたクマのように、取り囲まれてしまう。

暁がやってきた。かすかな風が馬の尾をそよがせ、雲のかかった空が、ひばりの歌とともに明け初めていく。丘のうねりのひとつひとつがまだ長い影を落としているあいだに、戦車をひかせる馬にくびきがつけられ、戦士たちはいつでも乗りこめる態勢で、かたわらに立った。ルブリン・デュは一晩中馬を集めにでかけていたが、今は馬屋のある中庭で、怒りにまかせて父にくってかかっていた。

「なぜですか？」どうしても納得できない。「なぜ、なぜ、なぜなんだ！」

「なぜなら父の命令だからだ。おまえは父の命令が聞けないのか」

「ブラッチかコフィルにやらせてください！」

オオカミの皮で作った戦の装束を肩にはおりかけていた族長は、一瞬黙ったままでいた。それから「だめだ」と言った。

「どうしておれなんだ？　戦車隊におれが加わってはいけないわけがあるなら、教えてくれ！」

ティガナンの戦車のくびきにはいつものように二頭の赤駒がつながれていたが、突然そのうちの一頭が首を持ちあげ激しく振りたてたので、となりの馬にぶつかった。後ろにひかえていた御者が、低い声で馬を叱りつけた。

「族長に向かって、歯をむくのはよすんだ。黒い子犬みたいなやつだな」父はこう言いながら、突然ルブリンの肩に両手をのせ、強い力でグッとつかんだ。しかしことばは、手ほどきつくはなかった。「いいか、よく聞け。ダラは次の族長になる身だから、戦車隊でもおれのとなりにいなくてはならない。族長の息子も同じだ。しかしな、息子のうち一人だけは、残留組の隊長ドロクマイルとともに、この砦に残る必要がある。万が一戦いに負けた場合に、南からの侵入者に立ち向かうためだ。それに、戦士たちが全員ここを離れ、守るものがいなければ、残された者たちはひどくうろたえる。わかったか？　どうしても族長の息子のうち一人だけは、ここに残っていなくてはならんのだ」

「女、子ども、年寄りといっしょにか？」ルブリンの怒りは、おさまらなかった。

「女、子ども、年寄りといっしょにだ。そしてドロクマイルとともにだ。ドロクマイルだって残りたくはないだろうが、おまえのようにキャンキャン吠えたりはしないぞ。賢い大人なら当たり前のことだが」

しかしルブリンは、父のその言葉に耳をかそうとしなかった。「なぜ、残るのがおれじゃなくちゃいけないんだ？　おれが小さくて、兄たちと違っているからか？　おれが黒い子犬だからか？」

「おまえが黒い子犬だからというよりも、もっとまっとうな理由があるが……」

「おれは、戦車をあやつる腕は、ブラッチやコフィルに負けたりしないぞ」

「黙れ！　父の言うことをきくんだ」突然の怒声とともに、息子の肩に置いた父の手に力が入り、指が肩の骨にくいこんだ。しかし族長の口をついて出たのはおだやかな言葉だった。父がこれほど静かな話し方をするのを、ルブリンは聞いたことがなかった。一人ルブリンにだけ、父は語りかけていた。「おまえがぐずぐず言うのを聞いてやったが、もうこれ以上の時間はない。いいか、ブラッチやコフィル、あるいはダラでも、敵の襲撃に立ち向かう点では信頼することができる。しかしここに残すとなると、疑問だ。たぶん残ることは、一番難しい仕事だろう。この仕事を任せられるのは、おまえしかいない」

　父にじっと見つめられているうちに、ルブリン・デュの怒りはとけていった。こうして、ダラと隣あわせで戦車を駆る、その栄光、その興奮、その光輝は、ルブリンのものではなくなった。ルブリンに与えられたのは、防壁の後ろの長い待ち時間だった。勝ち戦になっても戦士として引け目を感じるだろうし、負け戦なら最後の抵抗でただむなしく血まみれとなる運命だろう。ルブリンはどうしても避けられないことを、受け入れるしかなかった。

「わかりました、父上」ルブリンは答えた。

あたりを見下ろす城門から、次々と戦車団がくりだしていくのが見える。騎馬の戦士たちがわきを固めている。水平線から暁の太陽が顔を出し、その最初の光を受けて、鉄の剣や銅の馬具がまぶしく光っている。シノックの竪琴の弦も、樫の木の賢者イシュトラが頭につけている三日月の飾りも、光を受けてキラキラと輝いていた。祭司は神々の加護を祈るために、どの戦にも必ず同行する。竪琴弾きは、勝利のあかつきに戦闘の様子を歌うために、やはり同行しなくてはならない。馬のひづめと戦車がたてる雷のようなとどろきは、やがて遠くへと消えていった。白亜の丘に巻きあがった土ぼこりは、名残りの夏の白雲と一体となり、部隊の姿をおおいかくしてしまった。

こうして砦はひっそりとし、長い待ち時間に入った。

ルブリンは城門から少し離れた防壁の上に立っていた。丘の谷間や低地にある居住地から馳せ参じた小さな武装集団が、戦車団を待ちかまえて次々参入していく様子が、目に見えるようだった。南からの侵略軍であれば必ず通るはずの本道を、彼らは進軍していく。戦闘は、夕刻には始まるか。戦車が長い影を落として、疾駆するのだろうか。あるいは夜が帳を下ろした後に、道ぞいに野営のかがり火が焚かれ、戦闘は明日に持ち越されるか。どのくらい待たなくてはいけないのだろう。そしてその結果は？　自分たちは小さな部族だが、アトレバテース族は強大だ。彼らが今回送りだした軍がたとえ小部隊だったとしても、必要があれば次の軍勢が出陣してくるだろう。次、また次、そしてまた次。南風にのって雲がむくむくとわきおこるように、ひとつの雲が通り過ぎても、青い空にはいくらでも新しい雲がわくだろう……。

かたわらで、顔に古傷のあるドロクマイルが勢いよく声をかけた。「さあ、行こう。恋に落ちた女の子ではあるまいし、ここにぼんやり立って、軍勢の去った後をながめていてもなんにもならんぞ。待っているだけではなく、やるべき仕事が山とある」

第六章

征服者と征服された者

その長い一日、しなければならないことも多かったが、待つ時間はなお長かった。朝早いうちには東から、少人数の集団が何組かやってきて、新しい情報はないかと、城壁の兵士に大声で問いかけた。何もないと答えると、白い砂煙をあげて西へ向かって駆けていった。それも朝のうちだけだった。一族の男たちは一人残らず、軍に加わって行ってしまった。砦に残されたのは、子どもと年寄り、それからおびえた目をした女たち。彼らは、ドロクマイルの指揮のもと、苦しい気持ちをおさえて黙々と仕事をこなしていた。

後になるともう料理のひまはないだろうと、食べ物が料理された。食糧にする牛と数頭だけ残された馬とを、南の丘のかげの泉に連れて行き、水を飲ませた。泉に連れていけるのも、これが最後だろう。あとは人間も動物も、雨水を貯めた水を飲むしかない。ふだん家畜の世話をしている先住民の姿は、かき消されたように、見えなくなっていた。支配者同士の争いなどは、この人たちのあずかり知らぬことなのだ。しかたなくルブリンと、少年組のいちばん年かさの男の子たちとで、家畜の世話をした。ドロクマイルは、顔にどんな表情も表さずに、静かに武器を配っていた。あまりに静かで、かえって不気味だった。部族によっては女も戦士として戦うところがあるが、ここの女たちは戦に加わったことはない。それでも槍の扱いは習っていた。少年たちは興奮した様子で、投げ槍や投石を取りに集まってきた。いま一度、前庭の黒く大きな刀研ぎの石で、刃が研ぎ澄まされた。

その日は一日中、南西からの風が吹きあれていた。日が傾きかけたころ一度だけ、遠くで角笛の音が聞こえたような気がして、みんなは色めきたった。しかし全員で耳をそばだてても、聞こえてきたのは、防壁に当たってうなりをあげる風の音、そして土塁と土塁のあいだの家畜小屋で、牛がモーモーとなく声ばかりだった。それでもルブリンは研ぎ石のところへとってかえし、もう一度刀を研いだ。シャリ、シャリ、シャリ、シャリ、もうこれ以上研ぎようがないほど鋭利な刃だったが、いくら研いでもまだ研ぎたりない気がした……。

　後ろに誰か来たのを感じて振り向くと、テルリだった。テルリの額には、消え残った月の模様が、白くにじんでいる。もちろんゆらりと背の高い銀の頭飾りはとっくにはずされ、髪はじゃまにならないように、古い革ひもできりりと後ろにしばってあった。テルリは持っていた槍を手渡すと「お願い、兄上。これを研いでください。うんと鋭く」と言った。ルブリンはいつも妹を、ぽちゃぽちゃした小さな女の子だと思っていた。でも今、テルリは、雌のキツネのような鋭い歯を見せている。

「よし、月光を切って血をしたたらせるほど鋭くしてやろう」ルブリンが答えた。

「人間ののどを切り裂ければ、それで充分よ」

　こうして夜がゆっくりとふけていき、次の朝となった。正午を少し過ぎたころ、馬のひづめの音がこちらに向かって近づいてきた。今度の馬は前とちがい、西からやってくる。しかも一騎だけが、疾走してくる。きりきりと不安にさいなまれていた砦の人々は、誰が来るのか見ようと、どっと防壁におしかけた。馬はいまにも泡を吹いて倒れそうによろめいている。乗っているのは一人だが、乗り手の前にだらりと横たわっているものがある。人か？　もしかしたら死体？

人々は城門に向かって走っていき、なんとか馬が通るだけ、門を開けた。馬と乗り手と、血みどろの荷が飛びこんできた。馬はよろめいたが、なんとか立ち止まった。首をたれ、悲惨なほどあえいでいる。乗り手は転げ落ちるようにして、馬から下りた。ルブリンは数名の者とともに、まだ馬の背に横たわっている男を下ろそうと前に進み、それが兄のコフィルであることに気がついた。

コフィルは口をだらりと開けて、まるで笑っているように見える。しかし、かつての自信たっぷりの笑いとはなんという違いだろう。肋骨のあいだから、つき刺さった槍の穂が見えた。

誰かが手を貸し、動かない体を地面に運び下ろした。まわりを囲んだ者たちは、なにがあったのかと、悲鳴のような質問を浴びせた。馬に乗ってきた男は、ひざをつき、頭を抱えてへたりこんだ。左腕には、大きな傷口が開いており、深紅の血がしたたっている。顔は土ぼこりでまっ白だが、目のふちだけが異様に赤い。「水を、水をくれ」絞りだすような声をあげた。

水が差しだされ、男は歯をガチガチいわせて飲み干した。「敵は、敵はわれわれの四倍の勢力だった。われわれはこっぱみじんにされた」

「族長は？」

「死んだ。ブラッチも、みんな」

ルブリンは兄の頭をひざに抱えていたが、「ダラはどうした？」と叫びたかった。しかし、聞かなかった。もう、どちらでも同じことだ。おそかれ早かれ、みんな死ぬ。

「城門を閉じろ」ドロクマイルが声をはりあげた。それから男に向かって「敵は近いのか？」と聞いた。

男はうなずいて「近い」と答えた。男が答えきらないうちに、南西からの柔らかな風に乗って、あの角笛の音が聞こえてきた。今度はずっと近くに。

じきに戦闘が始まり、がらんとした丘に薄闇が訪れたころには、すべてが終わった。濠や防壁には累々と、男や女、そして子どもの死体が、投げだされたように散らばっていた。イケニ族とアトレバテース族は、血で血を洗って戦った。ルブリンの一族は、犠牲に捧げられる動物のようにおとなしく砦を明け渡しはしなかった。空ではトビやカラスが、低く輪を描いている。ひとつだけ残された城門の近くに、とりわけ多くの死体が折り重なるようにして倒れていた。ここで少年組が、最初で最後の戦いを戦ったのだ。城門は、悲惨な黒こげの木のかたまりとなり、まだぶすぶすと煙をあげている。アトレバテース族は、捕獲したイケニの戦車に火をつけ、気が狂ったように暴れる馬を次々と城門に向けて放った。城門を守っていた少年たちは必死で槍を投げたものの防ぎきれず、火の車が何台も要塞の内部に飛びこんできた。紅蓮の炎をあげて燃えさかる火の車を消すには、貯えの水はあまりに少なかった。炎が炎を呼び、耳をつんざくような馬のいななき声が聞こえる。そこへ死体の山を乗りこえて、敵の戦車隊が怒濤のように押し寄せてきた。

そこから先のルブリンの記憶はとぎれとぎれだった。最後に館の前で戦った気がする。

ドロクマイルはとっくに戦死した。つまずいた死体を見たら、それはたった二日前にいっしょに男女の踊りを踊った赤毛の少女だった。そして敵の戦車の来襲。はっきり覚えているのは、目覆いと黄色の房飾りをつけたアトレバテース族の馬の恐ろしい形相。それが悪夢のように、自分に襲いかかりのしかかってきた。それから頭の右側に、稲妻のような閃光が走った。

そのあとは空白。意識が薄れたというより、ぷっつり断ち切られたように時間の感覚が消えた。それからゆらゆらゆれながら、再び世界が立ち現れた。腕を後ろに縛り上げられて立っていたが、どうやってここに来たのかわからない。頭のなかで記憶の断片が渦を巻いている。檻のなかにたくさんの影がいて、自分もそのひとつだったようなぼんやりした記憶、そして檻から引きずりだされ、蹴られてはいつくばり、嘔吐したこと。すべては悪夢のようだが、夢ではなかった。現実にルブリンは、松明の焚かれた中庭に、手を後ろに縛られて立っていた。目の前には一人の男がいる。なぜかうんざりしたような様子で、血なまぐさい戦車に寄りかかっていた。

戦車の車輪は血でぬらぬらしており、先端には生首がぶらさげられていた。生首は、自身の血まみれの頭髪で戦車に縛られている。ルブリンは目を留め、それが自分の父親の首であることを知った。ルブリンは無念の思いをこめ、心のうちで深く頭を下げた。「ああ、父上。おれは結局、ブラッチやコフィルよりましなことは、何ひとつできなかった」父の首を見ても動揺することはなかったが、それでも最初の一瞥の後は、二度とそちらに目を向けないよう気をつけた。目の前の指揮官が青い目を細めて、じっとこちらを見ている。ルブリンの目は、その青い目に釘づけになった。あの男だ。二年前、秋の馬市の日に、いっしょに馬を駆ったあの男。

「おまえだと知っていたら、馬など見せるのではなかった」ルブリンは呆然としてそう言うと、首を振って、額の生乾きの傷口から血がしたたって目に入ってくるのを防いだ。

「そうだろうとも」金髪の男は手を伸ばし、ルブリンの首の細い青銅の環に指を触れた。

「おまえは、族長の息子だな？　族長の息子が生きていたら連れてくるようにと命令したんだが」

「今朝は、三人生きていた」ルブリンが答えた。

「今は？」

「生きているのはおれだけだ」

いつわりではなかった。息も絶え絶えの馬から降ろしたときには、コフィルの心臓はまだかすかに動いていた。しかし槍の穂先を引き抜いたときに、いっしょに彼の命もつきた。

「よし、それなら一族の生き残りをまとめるのはおまえの役目だ。おれはいつでも、おまえたちを皆殺しにできることをよく覚えておけ。今後、おれがおまえの一族に用事があるときには、おまえがおれの口となり耳となるんだ」

「いやだと言えばどうする？」

「いや、おまえはいやだとは言うまい」指揮官は、細めていた青い目を見開いた。

「なぜだ？」

「なぜならおまえは、死んだ族長の息子だからだ。おまえの一族には、族長に代わる者はおまえしか残されていない。一族と神々のあいだに立ち、一族の運命を担うのは、族長の役目だ。おれもおまえも、このことをよくわかっているはずだ」

このときルブリンの心の目に、父の姿がはっきりと映った。神の面を被り、まわりを黄泉の光だろうか、不思議な稲光にとりまかれている。父はここ大広間の祭壇に立っていた。確かに、ルブリンも敵の指揮官も、族長の役目をよくわかっていた。

こうしてルブリン・デュはその肩に、族長の重責を担うことになった。代わってくれるものは、ほかに誰もいない。


ルブリンは縛り上げられていた腕を解かれ、檻に連れもどされた。改めて見回すと、そこは土塁と土塁の間の家畜小屋だった。家畜小屋の囲いのなかにイケニ族の生き残りが閉じこめられていた。見張りの持つ松明の光に、いくつかの顔が浮かび上がった。光のとどかない暗闇のなかにも、あちこちに黒い影がうごめいているのがわかる。みんながいっせいにこちらを向いたので、知っている顔がないかと見渡すと、いくつかの顔は見分けがついた。戦闘中に捕虜になったらしい戦士が何人か。女たち。それから子どもが数人。ほかは、外の居住地の者だろう。見知らぬ顔だが、同じ部族の者だ。どの顔も敗戦のショックで、石のように無表情になっていた。全員が傷をおい、そして絶望の淵に沈んでいた。あちらでは血の泡を吹いて、男がうめいている。こちらではすすり泣く子どもを、女が黙らせようとしている。松明の灯りの端に、倒れた男のかたわらにひざまずいている女が見えた。額には月の模様がかすかに残っていたから、テルリだとわかった。

いくつかの顔は、ルブリンが生きてもどってきたとは信じられないという表情で、こちらを見つめていた。うつろな目をした者たちが、うつろな声をあげて、何かをしきりに聞きだそうとしている。ルブリンは気力をふりしぼって、彼らに答えた。「いや、おれはまだオオカミの餌食にはされていない。今のところはだれも、そうなる心配はないだろう。おれは中庭で、敵の指揮官の前に立たされた。父上の首が、あいつの戦車に縛りつけてあった。われわれ全員の命をどうするかは、あいつの考えひとつだ。今後あらゆる命令は、おれを通じてするそうだ。おれは、敵の指揮官の口と耳になるよう命令された」

ルブリンの目の前に、一族の生き残りがみじめな姿をさらしていた。彼らから、同時に二種類の反応があった。ひとつは助かったとでもいうようなため息。敵の勝利は完璧だったから、ふつうなら皆殺しにされるところだ。しかし今のところは、殺されずにすむらしい。イケニ族は戦士の一族だから、戦闘で死ぬことを怖れはしない。しかし、敵の神々に捧げられる犠牲として殺されるとなると話は別だった。もうひとつは、少数の者からだが、氷のように冷たい反応だった。それが何を意味するものか、この段階ではルブリンにはわからなかった。

テルリが立ち上がり、ルブリンの前に立ちはだかった。服の前が血にぬれている。「なぜ兄上なの？」テルリは聞いた。

テルリが動いたせいで、影になっていた部分に灯があたり、テルリがひざまずいていた相手の男が見えた。ダラだ。ダラは、目を半分開け半分閉じたまま横たわっている。首と肩のあいだに血みどろのボロ布が当ててあるが、布にはまだ新しい血が吸いこまれ、いっそう赤みを増していく。ルブリンは近づき、彼を見下ろした。「助かるのか？」

「わからない」テルリは答え、もう一度同じことを聞いた。「なぜ兄上なの？」

「おれが族長の息子だからだ」

「いいえ、今では族長はダラです」

ルブリンの頭はまだどこかしびれてはいたが、それでも本能的にわかっていることがあった。族長であることはダラ本人には伏せておくこと。もちろん敵にも秘密にしなくてはならない。少なくとも今は、絶対にさとられてはならない。

見張りを気にして、ルブリンは声をひそめた。「ダラが族長だということを、敵に知られてはならない。しばらくのあいだ、伏せておくんだ」

テルリは静かに答えた。「ダラが族長であることは、ずっと伏せておいたほうがいいでしょう。私たちのなかに、敵の耳と口があるのですから」

なるほど、冷たい反応の原因はこれだったのか。

族長であることの重みは、想像していた以上だった。

再び世界がゆらゆらとゆれだした。倒れないでいるためには、意志の力をふりしぼっていなければならなかった。ルブリンはテルリからもダラからも離れて、檻のいちばん暗い隅に行き、そこでひざをついた。同時に猛烈な吐き気におそわれ、心臓まで吐きだすかと思うほど吐きつづけた。

第七章　囚われの冬

「なぜおれたちを殺さないんだろう？」誰かが聞いた。

別の誰かが「何か使いみちがあるのさ。そのうちわかる」と答えた。

確かに使いみちがあり、それがなんだかはすぐにわかった。アトレバテース族はこの砦を征服したが、偉大な征服者の最前線の基地としては、ここは広さも守りの固さも充分ではなかった。芝土と丸太の土塁は南にもっと張りだす必要があるし、くずれた防壁は修理して、もっと頑丈にしなくてはならない。濠ももっと広く深くしたほうがいい。しかしこの手の労働は、誇り高い戦士であるアトレバテース族のするべきことではなく、褐色の肌の先住民にやらせる仕事だった。ところが戦が始まったとたん、彼らの姿は、まるで魔法のようにかき消えてしまった。いつかは帰ってくるだろうが、今は一人として見あたらない。褐色の民はこういう方法で、征服者が次の征服者に追いはらわれ、きのうの征服者がきょうは奴隷となるのを、見守り続けてきたのだった。そういうわけでその秋と冬、奴隷として働かされるために、ルブリンはじめイケニの生き残りの者たちは命を長らえていた。

はじめのうち、みんなは征服者に刃向かおうと心をたぎらせていた。

ルブリンは全力をあげて、これを押さえた。「ただ血を流して死にたいのなら、それもいい。しかし死んで、どうなる？　一族が全滅するというだけだ。残されたもののなかには子どももいることを忘れるなよ。こうしていれば……」

「こうしていれば、確かに死にはしない。しかしこんなふうにアトレバテース族の奴隷として生きていて、いったいどうなるというんだ」少年組のときからいっしょに育ったクノーが、ルブリンを暗い目つきでにらみつけた。「おまえには暗い血が、暗い先住民の血が流れているから、平気なのさ。こんな生き方も、おまえにとってはそれほどいやなものではないというわけだ」

同調する暗いつぶやきが、クノーのまわりで起きた。

ルブリンの胸の奥で心臓が、破裂しそうにずきんずきんと打ちはじめた。それを無理やり押しとどめる。ここで仲間割れを起こしてどうするんだ。

「ルブリンは、世継ぎの姫の血をひくものだ！」ダラの声がした。ダラはまだ、たえだえとあえぐようにしか話せない。ルブリンが見回すと、土手のかげで古ぼけた牛皮の上に寝ていたダラが、ひじをついて身体を起こそうとしていた。顔は白樺の白い樹皮に描いたようにまっ白で、高熱のために髪が汗でぬれている。傷のために高熱が出て、それがいっこうに下がらないのだ。ダラの目は深く落ちくぼんでいたが、今は怒りでギラギラと燃えたっている。獣の毛がさか立つように、ダラの髪も怒りのあまり、さか立つかと思われた。

「今のような言葉を、二度と吐いてみろ。おれが立てるようになったとき、その言葉をそいつの喉に押しもどして、息の根を止めてやるから、そう思え！」

このとき初めて、ルブリンはダラが助かると確信した。そう思ったとたんに、ルブリンの身体に熱と力がみなぎった。そう、テルリが生まれた晩の祝宴で、大広間でけんかの最中に感じたのと同じ気持ちだ。戦場でかたわらに友の肩があることを感じて、戦う勇気がわいてくる、そんな熱い思い……。

ルブリンは一族の者たちの方に向き直ると「こうしていれば」とさっき言いかけた言葉を続けた。「われわれが力をあわせて待っていれば、いつかはきっとチャンスが来る。種をまけば刈り入れの時が来るように、いつか再び自由を手にすることができるだろう」

「どうやってだ？」だれかが迫った。

「今はわからない」自分のものとは思えない言葉を、自分の口がしゃべっていた。「おれは樫の木の賢者イシュトラではないから、予言はできない。イシュトラにならわかるはずだが、彼は死んでしまった。しかし、待ってさえいれば再び自由になれる日がくることが、おれにはわかる。もしかしたらおれの暗い血が教えてくれるのかもしれない」

イケニ族の言葉とアトレバテース族の言葉は、近い関係にあったので、おたがいに相手の言っていることは理解することができた。そこで見張りに聞かれないようにするために、イケニの生き残りたちは、捕虜になったほとんど最初の日から、少年組の仲間言葉を使っていた。これならあまりひんぱんに目立つように使わない限り、敵につつ抜けになる心配はない。少年組には独特の仲間言葉があったが、これは少年組にいるあいだだけ使われ、成人になった後では、決して口にしてはならないしきたりだった。しかしこの際しきたりより、征服者に知られずに自分たちの話ができることのほうが大切だ。しばらくすると、女たちまでこの言葉を使うようになるのだが、それはまだ少し先の話だった。

冬が過ぎ、地上に春がもどってきた。もうじき白亜の丘を、尻尾をぴんとはねあげたウミツバメが飛び交うだろう。負傷していた者のうち、回復したのはダラはじめほんの一握りで、あとは死んでしまった。年寄りはほとんどが死に、子どもも多くは死んだ。何人かの女たちは、別の方法で家畜小屋から出ていった。古の時代から伝わる女の生き方で、自分の男を殺した男のものになったのだ。こういう女たちがアトレバテース族の女や子どもにまじっているのを、遠くから見かけることがあった。アトレバテース族は、かつてルブリンの先祖がしたように、女子どもをいっしょに連れてきており、そうでないものも冬に閉じこめられる前に、家族を迎えにいってきた。イケニ族の生き残りは、死者の名前は語っても、去っていった女たちの名前は、決して口にすることはなかった。

砦を補修し広げる仕事は、終わりに近づいていた。濠では新しく掘り返された白亜の地面が、白々と光っている。防壁では風化した灰色の丸太に代わって、切りたての木の柵が金色に輝いている。その日も、ふだんと変わりばえなく始まった一日だったが……。

真昼となり、ほんの短い休息をとるために、手斧やつるはし、塗料の入ったつぼ、小枝を編んだ大きなかごなどの道具を置いて、皆は手を休めていた。ルブリンは大きくえぐられた外濠の中にいたのだが、左足のそばに尖った火打ち石が落ちているのが目に留まった。別にどうということはなかったが、ふと拾い上げて腰を下ろし、手の中で転がしてじっくりながめた。片側は平らで青に近い濃い色をしており、もう一方はひからびた灰色だ。手の中にすっぽりおさまる丸みが快い。どうやら自然の石ではなく、だれかが削って使っていたもののようだ。ずいぶん古いものだろう。たぶんここに丘砦ができるずっと前のもの。

ルブリンは、これを作ったのはどんな人間だったのだろう、なぜこんなところに埋もれていたのだろうと思いをめぐらしていた。ちょうどそのとき砦の下の草地を、馬の群が駆け抜けていった。濠の中にいたルブリンには、馬の姿は見えなかったが、くぐもったひづめの音が太鼓のように地面を震わせてこちらに向かい、通り過ぎ、そして行ってしまうのが聞こえた。それを、ルブリンの内側の目、額の裏側の闇に存在する目がとらえた。馬の走っていく姿、その流れるような形が、まぶたの裏にくっきりと焼きついた。

ルブリンのかたわらにむきだしの白い土があり、手には尖った火打ち石があった。考えるより前に、ルブリンの手が動いて、濠の内側の壁に、馬の絵を描きはじめた。アトレバテース族に占領されて以来、模様を描くのは初めてだった。先頭を走る馬、一馬身おいて次の馬。それに重なる三番目の馬……。躍動する命を、ひとすじひとすじの線が力強くとらえる。燃えるたてがみと尾、とどろくひづめ、そして春の生命がみなぎる足どり。

なめらかな白亜の壁に、影が落ちた。ふりむくと後ろに、族長のクラドックが立っていた。クラドックは去年の秋には侵略軍の指揮官だったが、今ではこの丘砦の長となっていた。砦の守りにぬかりがないか、防壁や濠の様子を調べるために、このあたりをよく大股で歩いている姿が見かけられた。クラドックはベルトに親指をかけ足を広げて立ち、少し首をかしげていた。細めた目が、壁の絵とルブリンの顔を交代にながめ、また壁にもどった。

「おまえが描いたこれは何だ？」

「馬です。ついさっき、馬の群が走っていったから」ルブリンは答えた。「ひづめの音を聞きませんでしたか？」

「聞いたな」クラドックはもっとそばで見ようと、近づいた。「なるほど。これが先頭の馬だな。それから次の馬、こっちがその次。そしてこれが最後尾の馬だ。しかしあいだの、このゆれているような線はいったい何なんだ？」

「かたまりになって走っている馬の群れです」

「それなら、なぜ馬の形をしていないのか？　まんなかにいるのも馬のはずだが」クラドックは不審な顔をして、質問した。

「なぜなら、まんなかは馬の形には見えないからです」ルブリンはていねいに説明しようとした。「まんなかの馬は、特別の注意を払わない限りは、かたまりにしか見えません。

疾走している馬の群れを思い出してください。最初の馬と次に続く数頭、それから最後尾以外の馬が目に留まったことがありますか？　変化し流れる、ただのかたまりとしか見えないはずです」

「こんな絵を見るのは初めてだ。おまえの一族には、ほかにもこういう絵を描く者がいるのか？」クラドックが聞いた。

ルブリンは首を振った。「いや、私の一族も、あなたの一族と同じだ。物を交換するのに使う金貨に馬がついているが、馬はああいうものだと思っています。おれは自分が見たとおりを描くが、ほかの連中は、おれのようには見ないようです」

第八章　取り引き

しばらくはそれ以上何事も起こらなかった。しかしある晩のこと、夕食をすませたクラドックは、すっかり退屈していた。竪琴弾きが歌う歌はみんな聴きあきたものばかりで、なにか新しい刺激がほしかった。クラドックの頭のなかに、褐色の肌をしたイケニの族長の息子のことが思い浮かんだ。あいつは何本かのゆれる線だけで、馬の群がすさまじい勢いで走る様子を描くことができた。

クラドックは自分の盾持ちを呼び寄せた。「フェラドック、捕虜の檻へ行って、あいつらの族長の息子をここへ連れてこい。名前はルブリン・デュといったはずだ」と命じた。

しばらく後に、ルブリンは大広間のクラドック族長の前に立っていた。アトレバテース族に占領されて以来、ここに来るのは初めてだった。族長のクラドックは、聖なる王の座所に手足を投げだして座っている。何枚もの毛皮を敷いたその座所は、父の場所であり、父の後にはダラが座るはずの場所だった。もし目を上げれば、頭の上の梁に父の生首がのせてあるのが見えるはずだ。首は今では、煙にいぶされてしぼみ、歯だけをむきだしているだろう。見るべきだ。そう思ったが、クラドックの顔より高いところに目をやることが、どうしてもできなかった。

「おまえの絵が見たい」クラドックが言った。

あまり意外な言葉だったので、ルブリンは一瞬答えあぐねた。それから「なぜです？なぜ絵が見たいんですか？」と聞いた。

「なにかめずらしい刺激がほしくなった」

「新しい歌を作るように、竪琴弾きに命じればいいでしょう」

「だめだ。あいつは前に聞いたことがある歌しか歌えない」クラドックは不満そうに言った。「だからおまえの絵が見たくなったんだ……この炉の板石の上に描くといい」

「いやだ。おれは命令されて絵を描くつもりはない」

二人のあいだを沈黙が支配して、ゆっくり三回呼吸するくらいのあいだそのまま続いた。

(「殺されるかもしれない。それでも敵のために模様を、あの、物事の秘密を閉じこめた模様を見せるのはいやだ」ルブリンはそう考えていた。)

そのときクラドックが、ルブリンが心のなかで思ったことを、まるで実際に耳で聞いたかのように答えた。「いや、おれが殺すとしたら、それはおまえ自身ではないな。おまえの返事には、おまえの仲間の命がかかっていることを覚えておけ」

はらわたをよじるような屈辱感がこみあげたが、ルブリンは仲間のことを思わないわけにはいかなかった。ルブリンには、かろうじて命をつないでいる一族の生き残りに対する責任があった。ルブリンはくいしばった歯のあいだから「なにを描けというお望みですか」と訊ねた。

「馬がいい」クラドックが答えた。

そこでルブリンは、火のなかから燃えさしの棒を拾うと、炉端の板石のわきにしゃがんで、模様を描きはじめた。はるか昔、竪琴弾きのシノックの歌にあわせて模様を描いたのも、この同じ板石だったが。

まず荒々しい渦巻きの線で、二頭の大きな馬が戦っている様子を描いた。クラドックはひざに腕を置き、身をのりだしている。戦士や戦士の妻たちが絵を見ようと、まわりに集まってきた。ルブリンは今描いた線をこすって消すと今度は、仔馬に乳を飲ませている雌馬を描いた。その次に描いたのは、一頭の軍馬が立ち止まったところだった。頭をあげ耳をそばだてて、遠い戦の角笛の音を聞いている。もしかしたら、群れを襲う危険の気配を風の流れにかぎとっているのかもしれない。これを消してまた次の絵を描こうとすると、クラドックが急いで身をのりだし、ルブリンの手首をつかんだ。「消すな。これはそのままにしておけ！」

そこでルブリンは燃えさしの棒をかたわらに置き、その場にしゃがみこんだ。まわりにいた戦士たちがさかんに首をのばして絵を見ているあいだ、ルブリンはまるで主人の口笛を待っている犬のようだと感じながらも、じっと座っていた。クラドックはあいかわらず腕組みをしたまま、絵をじっとながめている。炉端の板石の上に描かれているのは、燃えさしの棒でなぞった数本の線にすぎない。しかしそれはまぎれもなく馬の姿を表わしていた。しばらくするとクラドックは、青銅の酒杯の方へ手を伸ばした。杯の係が杯を差しだすと、それを手にし、ぐっと底まであおった。それから背筋を伸ばして座りなおし、まわりにいる戦士たちを見まわし、話しはじめた。「おれは考えていたんだが……」

「族長のクラドック様が考えごとをしておいでだ！ めったにないことだから、角笛で砦に知らしめよ！」アンバーが叫んだ。アンバーはクラドックの乳兄弟だったから、ほかの戦士だったらとても口に出せないような冗談を、平気で言うことができた。

クラドックは苦笑いをして、白いが歯並びの悪い歯を見せたが、すぐに首を振ると話しはじめた。「おれが考えていたのは、せっかくの馬が惜しいということだ。炉端の板石の上に描いた馬は、こすると影も形もなくなってしまう。炉の煙と同じで、あらわれたとたんに消える定めだ。一方でおれは、わが一族のことを考えていた。ここ白亜の丘は今やわれわれのものとなり、悠久の丘にそびえているのはわれらの防壁だ。この地はわが一族の北進の最前線であり、この砦も偉大なアトレバテース族にふさわしい強固なものとなった……」

（「強固なものとなっただと！」ルブリンは心のうちで思った。ルブリンの両手は、痛ましいほど傷だらけだった。そして冬のあいだ、ぬれて滑りやすい地面の上を丸太をかつがされ、病人や老人が次々死んでいったことを思った。）

「……そこでだ、この丘の斜面に、わが一族の栄光を讃えるしるしを作ってはどうか。この絵のような馬が丘いっぱいに描いてあったら、見事なものとなるだろう。丘を深くけずって描けば、馬の形は消えることはあるまい。今から後いつの時代でも、偉大な馬を目にした者は、ここが偉大なるアトレバテース族の地であることを胸に刻むことになる」クラドックは開いた両手で、自分のひざをパンと打った。「仔馬の産まれる春がまためぐり地面に草がおいしげっても、偉大な馬は変わることなく、ここがわれわれの栄光の地であることを語り続けるだろう」

一人がうなずいた。「それほど立派な馬なら天地の力を集めて、この砦を守ってくれるにちがいない。太陽神ルーもお喜びになり、われわれにたくさんの仔馬とたくさんの息子を授けてくれるだろう」

「そうとも」と年とった男が、考え深そうに語った。「その馬は太陽の馬であり、アトレバテース族の守護神だ。われわれを太陽神が守ってくださるぞ」

ルブリンの頭の上を、話が行き交っていた。突然、クラドックが再びルブリンに向かって話しかけてきた。「おまえにできるか？　それほどの規模の馬を、おまえは作ることができるか」

緑の丘いっぱいに広がる白い馬。丘の斜面を掘って描く、巨大な馬。その姿を、ルブリンははっきりと思い描くことができた。頭のすみのかすかな記憶が、何かを教えようとしている。隠れ家にしていたハルニレの木の枝に寄りかかって、一枚の葉っぱを手にかざして、それで父の砦も、砦のある丘もかくせると発見したことがあった。たぶん巨大な馬も、ああいうふうにして作りはじめればいいのだろう。最初は小さな形を描き、それをかざせば、遠くに描くべき線を見つけることができる？

「わかりません」ルブリンは答えた。「それほど大きな馬は、巨人でもないかぎり描くことは難しい。しかし何か方法があるかもしれません」

「新しい防壁も完成したことではあるし、おまえの一族のなかから、必要なだけの人数を連れていって、働かせるがいい」

「いいえ、人手は要りません」ルブリンはそう言って、立ち上がった。

「それだけの芝土を自分一人で掘るとなったら、それはおまえの言うとおり、巨人の仕事だろう。働く人間が必要なはずだぞ」

「人手がいらないと言ったのは、自分一人で作るという意味ではありません。おれはあなたの馬を、あなたの丘いっぱいに広がる太陽の馬を作るつもりはない」ルブリンはそっけなく答えた。「作る方法はあるかもしれないが、それを探そうとは思わない」

もう一度、沈黙が訪れた。ルブリンとクラドックは並んで、おたがいに相手の目をじっとにらんでいる。まわりにいる者たちは、ふたりのあいだに何が起こるかを、固唾をのんで、見守っていた。

「おれに向かってそんな口をきくのは、かしこいことではないな」とうとう族長が口をきいた。「おまえがおれをこわがっていないことなら、おまえはもう証明ずみだ。だがおまえの一族はどうなる？　さっきも言ったとおり、おまえの一族の命は、おれの手のなかに握られている」そう言いながら、クラドックは拳を握り、関節が白くなるまで、徐々に力を入れていった。あまり強く握ったために、指のあいだから血がしたたりそうだった。ちょうど木イチゴの実をつぶし、その暗い色の汁をしたたらせるかのように。言葉が語るよりもっと多くを、クラドックの拳は語っていた。

もう一度沈黙がたちこめた。まるでうごめくハエの集団が押し寄せたかのような、濃厚な沈黙だった。

それからルブリンが、征服者の目をじっと見つめたまましゃべりだした。「あなたが思っているような馬は、いやいや作ることはできないものだ。仲間を殺すとおどかせば、おれに無理強いすることはできる。おれは仕方なく馬を作るだろう。しかし命令されて作った馬には、神は魂を吹きこんではくれない。おれが作る馬は光のともらないランプのように、なんの力もなんの意味もない、ただのぬけがらでしかない。あなたは確かに馬を手に入れるが、しかしそれは手に入れる価値のないものだ」

ルブリンはしゃべっているにもかかわらず、自分の内側がしんと静まっていることに気がついた。その静けさの中心で、どうすべきかを語りかける何者かの声がする。同時にほかのこともはっきり見えてきた。もっとも驚くべきこと、そしてもっとも悲しむべきことは、高貴な席に座っている金髪の男と自分とのあいだには、本来なら深い友情がありえたということだった。自分は一族の命運をかけて、この男と戦っているというのに。もう一度、父親の首が天井の梁の上で、しぼんで黒くなっていることを思い出した。ルブリンは死者のまなざしに応えようとするかのように、意志の力をふりしぼって頭を上げ、のどの奥で叫んだ。「わが父、ティガナン、あなたは戦車を率いることよりもっと難しいことがあると言った。一族を救うために、おれはおれができることをしよう。一族が生きのびること、今となってはそれだけが問題なのだから」

それからルブリンは目を下げて、青く鋭いまなざしをした生きている男と向かい合った。

「われらを征服した一族の長、クラドック。おれはあなたのために、丘にひろがる太陽の馬を作ろう。おれは魂をこめた馬を作るが、その代わりにただひとつ、条件を聞いてほしい」

クラドックは眉を上げた。「われらが征服した一族の長の息子、ルブリン、条件を聞こう」

「もし望みどおりの馬を作ることができたら、わが一族の生き残りを自由の身にしてほしい。どこかよその土地で馬を飼うことができるように、雄馬と仔を産める雌馬とを分けてくれ」(「ヒースの野とハシバミの森にはさまれた草原は、すばらしい放牧地になるでしょう……」ルブリンの心のなかで、何年も前に耳にした商人の声が聞こえた)「彼らに馬を与えて、ここから出してやってほしい」

「ずいぶん虫のいい条件だな」クラドックが言った。

「そうかもしれない。しかしそれをかなえるのは、できあがった太陽の馬がそれに見合うと、あなたが思った場合のこと、その場合に限った話だ」

「なるほど、一理あるな」族長はそう言うと、酒杯の奥をじっとのぞきこんだ。それから鋭い目をあげると言った。「よし、それではそういうことにする。さっき言ったとおり、新しい防壁はすでにできあがっている。そして先住民がいつもの彼らのやり方で、こっそりと戻ってきている。もし太陽の馬がおれの望みどおりのものだったら、かわりにおまえたち生き残りを自由の身にしてやろう。これはおれとおまえ、ふたりで交わした契約だ……。さて、今夜はこれで、馬の絵は終わりにする」

こうしてルブリン・デュは、館を後にした。

今語られたことがすべてではないことは、わかっていた。自分とクラドックの取り引きには、言葉にされなかった何物かがあると、ルブリンは感じていた。言葉にされないどころか、考えられもしなかったこと。しかしそれこそが核心であり、暗闇のなかで時が満ちるのを待っている。

その夜おそく、土塁のあいだにある家畜小屋のなかで、ルブリンは一族の生き残りを呼び集めた。征服者とのあいだに何が起こったのかを話さなくてはならない。ところが料理の焚き火と月光が入り交じった光の下で、こちらに向けられた顔を見回すうちに、どう話しはじめればいいのかわからなくなった。説明することは難しいとは思ってはいたが、想像した以上に困難だった。

クノーが質問してきた。「さて、征服者の耳と口よ、敵の要求はいったいなんだったんだ?」

「おれはクラドックに、炉端の板石の上に絵を描くよう命じられた。竪琴弾きの歌にあきたので、何か変わったものを見たいということだった。彼の要求どおりに馬をたくさん描いたところ、丘の北の斜面を掘って、太陽の馬を描くことができるかどうかと聞かれた。アトレバテース族の栄光をしるす、巨大な馬を作れるかどうか答えるよう、命令された」

「それでなんと答えたのだ?」

「わからないと。作る方法があるように思える……もしその気になって探せば、と言った」

「それで探すつもりなのか？」誰かが聞いた。

クノーが光の中に身を乗りだした。「おまえの言うことはこういうことか？　敵の長に命令され、それを断ったと。それなのにおまえの首がまだ肩に乗っていて、おまえの臓物がまだ腹のなかにあるとは、なんとも解せない話だが」

「そういうことではない」ルブリンはのろのろと話した。「おれは断りはしなかった。条件によっては、やってもいいと言ったのだ」

妹のテルリが彼をさえぎった。さっきより明るくなった月の光のせいで、テルリの顔は白く硬い仮面のように見えた。「兄上にとっては、さぞ造作もないことでしょう。アトレバテース族が使う金貨には、馬の絵がついています。その絵を写して、そのかわりにその金貨を支払え、とでも要求したのですか？」

「金貨の絵は、尻尾の描き方がまちがっている」自分の口にした言葉が、まるで他人の言葉のように聞こえた。これではまるで、尻尾の描き方が問題だ、とでもいっているようだ。

「われわれの馬は、あんな尻尾であってはいけない」

「でも兄上が作るのは、敵の馬ではありませんか」
「そうだ、アトレバテース族の太陽の馬だ。しかしそれは同時に、われわれの馬でもある。わが一族の月の馬でもあるんだ。森の上方に丘がそびえているかぎり、そしてすべての馬の母である女神エポナに祈りが捧げられるかぎり、その馬はイケニ族のことを語り続けるだろう」

沈黙のなかで、ふくろうの声がまるであざ笑ってでもいるかのように、下の森から聞こえてきた。人々は月の光のように白々と、黙りこくっている。ルブリンはみんなの冷たい視線を感じた。そこにいる全員がテルリと同じく、ルブリンが一族に対する忠誠を裏切ったと思っている。怒りと悲しみがルブリンの胸に押し寄せ、誤解を正す言葉を探すことさえできなかった。

冷たい沈黙を破ったのは、ダラだった。「おまえの出した条件だが、おれにはそれが馬の絵の金貨だとは思えない。ルブリン、わが兄弟よ、その条件とは何かを話してくれ」
「そうだ」いくつもの声がこだました。「その条件を教えてくれ」

「おれがクラドックに言ったのはこういうことだ。条件によっては、丘いっぱいに広がる太陽の馬を作ろう。その条件とは、馬が完成しそれが彼の希望どおりの馬だった場合は、ここにいるわれわれイケニ族の生き残りに自由を与えてほしい。われわれはここを出て、どこかよその土地に行く。その地で馬を飼えるように、必要なだけの雄馬と仔を産む雌馬を分けてほしい、そういう条件だ」

　聞いている者たちのあいだから、低いどよめきが起こった。それからダラが言った。

「なるほど！　それこそ取り引きに価する条件だ！」

　ダラの後ろの暗がりのなかから、誰かが口を出した。「しかし、そんな条件を敵が守るだろうか？　馬ができあがったときに、これは希望どおりの馬ではないといって、約束をくつがえすのではなかろうか」

「いや、クラドックは自分の言葉は守る男だ」ルブリンが言った。「そして、おれもだ」

　ルブリンとダラの目が合い、そのまま釘づけになった。口にしたことはなかったが、ふたりのあいだには北の草原へ向かうという夢があった。そう、かつてルブリンとダラは、いつかともに仲間を率いて、北の国へ行きたいと願っていたのだ。ところが婿選びの儀式で、ダラがテルリの婿となり、次の族長となることが決まってしまった。そのためルブリンはいつか夢が夢でなくなることがあっても、仲間を率いて北へ行くのは自分一人であることを知っていた。しかし今、立場が逆になった。仲間を率いて北へ向かうのは、ダラだ。そして自分は……。

さっき広間でルブリンが感じたこと、語られもせず考えにのぼったわけでもないのに確かに存在する何かが、おもむろに動きだした。しかしルブリンは、その何かを無理やり押しのけ、目をそむけた。それを直視するのは、まだだ。まだ早すぎる。

「人手がいる。草を刈り、土砂を運ばなくてはならない」とルブリンが言った。

「いくらでも働くとも」ダラはそう言いながら、両手を出して動かしてみせた。

クノーがつけ加えた。「おれたちは今では、力仕事にすっかり慣れた」

それからテルリが女たちの集団を離れて前に出て、ルブリンの手首に触れるか触れないかのところまで、恥ずかしそうに手をのばした。「兄上を手伝い、土を運びます。私を許してください。私にはわからなかったのです」

しかしルブリンの孤独は深まった。捕虜となった最初の晩から始まったルブリンの孤独は、消え去ることなく深くルブリンを包んでいた。

第九章

鷹のもの、神々のもの、そして地上の人間のもの

次の日ルブリンは丘砦を出た。九本のりんごの聖樹のかたわらを通ると、木はこぼれるほどの花のつぼみをまとっていた。谷間の森を抜け、森の端にあるハルニレの木までやってきた。ルブリンは一人きりだった。槍を持った兵士が一人二人、見張りについてくるものと思っていたので、初めは驚いた。しかし考えてみれば、見張りの必要などないのだ。捕われた仲間を残して、ルブリンが逃げるはずがないことを、ルブリンだけでなくクラドックもよく知っていた。

大きなハルニレの木は、小さな薄紫の花におおわれて、木全体が紫に煙っているようだった。枝に登ると、花の香りとみつばちの羽音に圧倒される。ハルニレの木はまるでル

ブリンを待っていてくれたかのように、なつかしさと安心感で暖かく包んでくれた。ルブリンはなじんだ枝を次から次へと、まわりの木を見下ろす位置までよじ登った。さらに上へ上へと登り、とうとうルブリンだけの隠れ家の枝にたどりついた。この枝に寄りかかると、伸びやかな低地の広がりを眼下にすることができる。向こうに、父の砦へと続く丘の隆起がくっきりと見えた。

それは自分自身のからだのようによく知っている、おなじみの風景だった。しかしその景色を、ルブリンは今初めて見るもののように、じっと見つめた。東には、ゆったりとしたなだらかな丘が並んでいる。丘の波は、日の出の位置からずっとずっと西へと続き、はるか向こうの日の入りの場所で終わる。そのなかにひとつ、要塞をのせた背の高い丘が、深い谷あいから頭をもたげて、そびえている。しかしその大きな隆起でさえ、西へと続く丘波を乱すものではなかった。白亜の丘は自らの意志で、西へ西へと首を伸ばしているようだ。

「時は満てり」と末の息子は言った。
「炎の燃える胸を高らかにそらし、
いざ、西へ向かわん。
馬の群をひきいて、銀のりんごの実る地へ。
勇敢な戦士たちよ、われに続け」

シノックが竪琴をならして歌った言葉とリズムが、ルブリンの心の奥を秘めやかによぎる。肩にかついでいた鹿皮の袋から古ぎれを引っぱりだし、くるんであった白樺の樹皮と燃えさしの棒を出した。目の前には、あのなつかしい丘がたゆたい、丘の稜線の高みとくぼみでさまざまな光が踊っている。丘砦の下少し左寄りに、頂上の平らな丘が、低いうねりのなかから頭を出していた。竜の伝説の丘だ。あの丘の下では魔法の槍を守る竜が、とぐろを巻いて眠っているという——そしてその後ろには、白亜の丘の北側の急な斜面が、春の明るい緑をまとって、のびやかな山肌を広げている。あの稜線の少し下あたり、とルブリンは思った。あそここそ、自分の馬にふさわしい場所だろう。

白樺の樹皮に、ルブリンは絵を描きはじめた。広間の炉の板石に描いた馬をもう一度描いた。頭を上げ神経を張りつめて、風をうかがっている馬。戦の角笛に耳をすませている軍馬だろうか、それとも自分の群れを守るために先頭に立っている雄馬だろうか。そのどちらも、一族の勝利を讃えるしるしとして、ふさわしいものだろう。

その日一日中、ルブリンは自分の隠れ家の枝に寄りかかって、絵を描いては丘の斜面を見つめた。やがてルブリンの内部の目には、馬と丘とが合体して見えるようになり、丘のどの場所に線が引かれるべきかがわかってきた。あのさんざしの木から窪地のふちに向かい、それから昔の牛追い道が曲がるところまで、なだらかな曲線を続ける。ルブリンは自分の計画を忘れないように、暗号のような模様に変えて、最後に残った白樺の樹皮に記した。それから木から降りて、暮れ方の長い影を踏んで、砦へと帰っていった。

そして夕闇が夜の闇へと深まり、族長の館でも捕虜の小屋でも夕食が終わったころ、ルブリン・デュは再び、クラドック族長の前に立っていた。「きょう一日かかって、どこにどんな線を引けばよいのか調べてきました。見当がついたので、いつでも馬を描きはじめることができます。あす低地の森へ、白樺の若木を切りにいくことを許可してください。それから土塁の丸太を塗った残りの石灰と、牛の皮を十枚、与えてください。おれは仲間たちのなかから仕事を手伝わせる人間を選びます。そうすれば二日のうちに、竜の丘の上方に広がる山肌に、馬の絵の最初の線をひくことができます」

「牛の皮と、若木と、石灰だと？　そんなものを使って、おまえはおまえの頭のなかの線を引っぱりだし、それを丘の斜面に描くというのか？」族長はわけがわからんという具合に顔をしかめたが、興味をそそられていた。「いったいどういう方法を使うつもりだ？」

ルブリンは頭を振った。「しばらく放っておいてください。おれもこんなことはしたことがない。それどころかこんなことをした人間が他にいたとも思えません。だから実際に動きながら、その場で方法を考えるしかないんです。考えがまとまるまで、うまく説明することはできません」

「いいだろう」族長はうなずいた。「ただしあすからではなく、三日後に始めろ。三日たてば、新しい城門が完成する。おまえに牛の皮と、石灰を与える。それから白樺の若木を切ることを許す。おまえは一族のなかから仕事をさせる人間を好きなだけ選ぶといい」

こうして三日後、ルブリンとダラは仲間を引きつれて、低地の森へ白樺の若木を切りに出かけた。切った木は、うねうねと曲がった道を苦労して運び上げた。両側で槍を持った見張りが監視している。ルブリン一人のときと違い、一族の男ほぼ全員が出はらうとなると、クラドックも安心してはいられなかったようだ。必要なだけの木を切って運びだすのに、ほぼ二日かかった。切った木は尾根道の少し下、ルブリンが選んだ丘の斜面にできるだけ近いところに、積み上げた。これが終わると、牛の皮をなめして石灰を塗りつける作業に入った。白く塗った牛皮は、緑色の草の上に置くとよく目立って、目印として遠くから見わけることができる。さてこれで、準備は整った。

あくる日は風が吹きすさんでいたが、白い牛皮を地面に並べる作業が行われた。馬の額、鼻面、首、脇腹、胸、それから尻尾、そしてふんばった足、合計十カ所の位置を、白い牛皮で印そうというのだ。空のあちこちでひばりのさえずりが聞こえる。強い西風が春の若草を波打たせ、真綿のような白いさんざしの花をそよがせている。牛皮が風にバタバタはためいて、石灰の煙がもうもうと立ちこめた。石灰を顔に浴びるせいで、みんなの目は赤くなりヒリヒリ痛くてたまらない。ルブリンは、ダラやほかの男たちを指示するのに、大声をはりあげなくてはならなかった。「そこから二番目のさんざしのところに向かってくれ。あと四十歩、進むんだ――違うぞ、それでは丘を上りすぎだ。クノー、そこにいてくれ、おれが左にまわるから。――ダラ、これを地面にとめつけるのを手伝ってくれ……」

ルブリンが指示する以外は、だれもが黙ったままだった。だれも一言も話すことが見つからないようだった。

ルブリンは見慣れた丘にいるというのに、どういうわけか、なつかしさも親しみも感じられず、知らない場所にいるような気がしていた。そのうえ、いつも模様を描くときに感じる、魅入られるようなときめきがまったくしない。模様にとりかかっているというのに、形のもつ命も、力も感じられない。要塞の濠を掘らされていたときと同じで、ただ動いているだけで、死んだように無感動だった。たぶん規模が大きすぎて、自分が何をしているか、つかめないからだろう。自分が描いた線が自分の欲していたものかどうか、すぐにはわからないほどの大規模な絵など、前には一度も描いたことがなかったから。

あとで丘の斜面を一望できるほど遠くへ行って、そこから見てみよう。たぶん全体を目にすれば、命も力も感じることができるだろう。

やっとのことで置くべき場所に牛皮を置き、そこから動かないように、杭を打ったり土くれを置いたりする作業が終わった。ところがそのころ霧雨が降りはじめ、低地の森は、けぶる雨足の向こうにかすんでしまった。結局ルブリンは翌朝まで待つしかなかった。次の日の朝まだき、どうやら雨は止み、丘のあちこちでひばりのさえずりが聞こえる。ルブリンは砦を出て、谷を越え、例のハルニレの木へと向かった。歩いている最中に、丘を振り返って見ないよう、自分を制した。馬を見るのは、あの木に登ってからのほうがいい。

夜のうちに降った雨で石灰が流れてしまったのではないか、そうなるとせっかくの牛皮が遠くからでは見えないのでは、と心配だった。やっと例の枝にたどりつき、必死でじゃまな小枝をかきわけて丘を見た。見える。心配は無用だった。雨があがった早朝の光のもとにはっきりと、白いものが見える。

長い時間枝に寄りかかって、しるし一つ一つを、念入りに調べた。しるしとしるしをつないで、頭のなかで線を引いていく。鼻面と耳をつなぐ線。流れるような曲線で、首から背中そして尻尾をつなぐ。もう一本の線は、前足から首、そして頭へ続く。いいぞ、これはいい馬になるだろう。もっとも、しるしのうちいくつかは、まちがった場所に置かれているが。ひとつは倍の長さで右に動かさなくてはならない。もうひとつは丘の上方に、やはり倍ほど動かさなくては。そうは思うものの、丘の傾斜のせいで距離が計りにくく、確信は持てなかった。空を見上げると谷の上空高くに、一羽のノスリが大きな円を描いているのが見えた。翼を大きく広げ、天空を吹く風にのっている。ピーエーと鳴くノスリの声が、かすかにきこえる。そのノスリを見ながら、あの雄大な鳥のように空から見ることができたなら、とルブリンは願った。輝く空の高みで弧を描き、丘の隆起がゆっくり回転するのを眼下にすることができたら、そうしたら馬の形がよくわかるだろう。……いや、ちがう。そんなことをしても役に立たない。馬を見るのは、地上にいる人間なのだ。どんな人間も空から馬を見ることはできない。空から見ることができるのは、鳥、そして神々だろうか。よくわからない、胸も痛むが頭まで痛くなる。自分にわかるのは、ふたつのしるしを動かさなければならないということだけだ。神ならぬ身の人間としては、自分にできる最善をつくす以外なかった。

ルブリンはすっかり疲れはて、木から降りて帰ることにした。砦へ、砦の征服者のところへ、そして自分の一族のもとへ、かろうじて命をつないでいる囚われの人々のところへ。

第十章　長の使命

引き続き、今度は白樺の枝に石灰を塗った。その白い枝を、点々と置かれた牛皮と牛皮のあいだに、線を引くように寝かせていく。寝かせた枝は、斜面からすべり落ちないように、小さな杭をくさびに打って留める。こうして白い線が引けたら牛皮ははずして、別の場所でまたしるしとして使う。やがて丘の上に、馬の姿の輪郭が描きあがった。とはいえ、それが馬の形だなどとは、作った当人たちにはわからない。白樺の枝で何かのゲームをしていた巨人が途中で飽きてしまい、白く塗った枝を散らかしたまま立ち去った、そんなふうにしか見えなかった。

「おい、これが本当に馬になるのか？」ダラが手の甲でひたいをこすりながら、腑におちないという顔で聞いた。こすったせいで、ひたいに白いあとがついている。

「遠くから見れば、そう見えるはずだ」ルブリンは答えた。見上げると夕空に、ノスリが鳴きながら円を描いているのが見えた。広げた両翼が夕陽に染まっている。「あそこから見れば、たぶん馬に見えると思う」

「でもおれたちは、飛べないじゃないか」

「いいんだ。谷の向こうから見れば、ちゃんと馬に見えるはずだから。きょうはもう暗すぎるが、あすの朝になったら、いつものハルニレの木に登って確かめてくる」

　その晩ルブリンは古いマントにくるまって横になり、頭の上で星がゆっくりとめぐるのを一晩中ながめていた。やがて東の空が白んでゆき、暁のバラ色の暈がうっすらとのぞきはじめた。その日何か重大な事件が起こるという予感で胸がうずいて、結局一睡もできなかった。いったい何が起こるというのだろう？　何かが変わる？　始まりか、それとも一切の終わりか？　あるいは新しい何かが生まれるのか？

　とうとう朝となり、丘砦の下の森は、鳥のさえずりであふれた。女たちが朝食を運んできた。ルブリンは、女たちが運んできた朝食のバターミルクは飲んだものの、自分の分のバノックは食べずに、そのまま小屋の出口へと向かった。トゲのある木で作られた柵を開けて外に出るのを、みんなが見つめている。みんなの視線が、背中の肩胛骨のあいだに刺さるように感じられた。ダラはいっしょに行こうとして、半分腰を浮かせかけた。しかし結局、小屋を出たのはルブリンひとりだった。見張りの兵士は、城門を出ていくルブリンを、だまって見送った。

　こうしてひとりで、ハルニレの木のところにやってきて、いつものあの枝へ登った。そこから、平らな土地の向こうにそびえる丘の斜面をながめた。はたして、白樺の枝で描いた形は、正確に馬の輪郭となっているだろうか。

　まちがいない。たしかに馬だ。足、尻尾、すべてが、あるべき場所にある。頭が、ちょっと小さすぎるかもしれない。でも大きくするのは、難しくはないだろう。だれの目にも一目で、牛でも犬でもない、馬だとわかるだろう。しかしそれにもかかわらず、描かれた形はどこもかしこもまちがっていた。頭を上げ足をふんばって立つ馬の姿は、見るもの目をそこで静止させ、日の出から日の入りまでを納める美しい丘の波を切断してしまっている。切断、そう、刀の一撃のような。切断――死……。そう、それだ。この馬は死んでいるんだ。確かに馬の形をしているが、中身がからっぽで、そこに生命が宿っていない。まてよ、この死んだような感じを自分も感じたのではなかったか。風の吹きすさぶ丘に目印の牛皮を置こうと苦心しながら、ルブリンはまるで死んだように無感動な自分を感じていた。あのときの感じが、今のこの馬の印象と一致している。

　ルブリンは長いこと枝に寄りかかって、どうすればいいのか考えていた。朝の光はもう昼の光に変わり、芽吹いたハルニレの小枝が落とす入り組んだ影が、ずいぶんと移ろった。谷の上空では、あいかわらずノスリが鳴きながら大きな輪を描いている。クラドックもほかのアトレバテース族の者も、そしてルブリンの一族の者たちでさえ、ルブリンが見抜いたようには、事の真実を見抜けはしまい。たぶんこのまま続けて馬を作ったとしても、何かがおかしいと感じる者はいないだろう。しかし、自分にはわかる。クラドックに約束したにもかかわらず、この馬には魂、つまり生命がこもっていない。このままこの馬を作ることは、自分で自分の目を裏切ることになる。これが自分が描く最後の絵だとしたら、それではあまりに情けない。

自分の最後の絵。

この瞬間には、わかったといってもまだぼんやりとしかわかっていなかった。ノスリが一声叫ぶと、丘のふもとの獲物めざして、まっしぐらに降下した。空が一直線に切り裂かれ、何かが死んだ。悲鳴があがったかもしれないが、遠すぎてルブリンには聞こえなかった。それでもルブリンはその小さな死を、鋭く身体に感じた。まるでその生き物が、自分の丸めた手のなかで死んだかのように。

このとき時の裂け目の暗闇のなかから、クラドックと自分のあいだに存在する、語られもせず考えられもしなかったあることが、姿を現してきた。正面から見つめさえすれば、ルブリンには最初からわかっていたことではないか。クラドックとルブリンのふたりの取り引きには、もうひとつの条件が封印されている。それはルブリンの死……。自分の血と自分の命でもって、神の馬に生命を吹きこむのだ。ちょうど先住民が七年に一度、畑に人身御供を捧げて収穫を祈るように。

気がついてみると、握りしめた両手が震えていた。心臓は狩りの獲物を追って走った後のように激しく打ち、腸がひきつれて吐き気がする。固く握りしめた両手を苦心して開き、他人の手を見るようにして、震えがおさまるのを待った。しだいに吐き気もおさまり、胸の動悸も少しずつおだやかになっていった。枝に寄りかかり、考えを整理する。一族が生きのびるために自分の命をさしだす、という考えに、ゆっくりとわが身をなじませてゆく。思えば、不思議でもなんでもない。一族と神々のあいだに立ち、必要があれば一族のために命を捨てることは、王の使命であり、長の使命なのだ。それでよい、それこそあるべき姿だ。ルブリンは一人残された族長の息子であるし、馬はその自分が描くのだ。それでもこのことをすっかり受け入れるには、まだもう少し時間が必要だった。砦にもどりみんなの顔を見られるようになるには、この偉大なハルニレの木の静けさと力が必要だった。やがてじわじわと、心に静けさが広がっていった。あまり静かで安らかだったので、前の晩ずっと起きていたことでもあるし、少しのあいだ眠りに落ちたほどだった。眠りのなかに、あのなつかしい白馬がもどってきた。あの白い雌馬の夢を、もう長いこと見ていなかった。眠りはとても浅かったから、夢は白日夢のようでもあり、実際目が覚めている瞬間もあった。夢と現実が重なったとき、夢のなかの白馬と遠くの丘の斜面とが重なって見えた。そして夢は消え、ルブリンは現実の世界に残された。でもルブリンは、二つの世界が重なるのを目撃した。向こうにそびえる白亜の丘の頂に作らなくてはならないのは、あの馬、あの白馬の姿だ。馬がどういう形となるべきか、今ならよく分かる。翔ろ！　日の出から日没に向かって、波打つ丘を従え、天空を翔るんだ。あたかも馬の女神エポナが御自ら、ルブリンの眠りのなかに現れ、親しく語ってくれたかのようだ。「ごらん――おまえの馬は、こうあらねばならない」

ルブリンが木から降りて、再び帰り道をたどりはじめたときには、影がもうずいぶん長くなっていた。まっすぐ丘砦に帰る気にはなれず、東にまわり、竜の丘のうしろの、目がくらむほど急な坂を登っていった。頂上近くのがらんとした草地に、白樺の枝で作った死んだ形が待っていた。自分がなぜここに来たのか、自分でも説明がつかない。今、ここでできることは何もないはずだ。しかしこの場所に呼ばれている気がして、どうしても来ないではいられなかった。そして斜面に立って、さて翌日からどうやって新しい形に取り組もうかと考えはじめたときに、後ろの草地で馬のひづめの音が聞こえた。ひょっとしたらあの白馬か、さんざしの花のように白いあの馬か、と胸を高鳴らせて振り向いたのだが、そこにいたのはクラドックだった。気に入りの赤駒に乗り、後ろを二頭の猟犬が、跳ねまわるようにして追っている。

赤駒はかつてはティガナンの愛馬だった馬で、でこぼこした坂を恐れることなく、まるで山羊のように軽やかに走る。クラドックは手綱を引いて馬を止め、ルブリンを見下ろした。クラドックのサフラン色のマントが風にあおられ、白樺の枝のほうへ、はたはたとなびいている。

「不思議なものだ。ここではなんの形もなさないものが、あの谷の向こうからだと、まちがいなく馬の形に見える。作業はうまくいっているようだな」クラドックが言った。

自分を見下ろしている男の青すぎるほど青い、鋭い目つきを見て、ルブリンは自分の考えが正しかったことを知った。もし自分が望めば、この馬を仕上げることができる。自分自身をのぞけば誰も、この馬に生命がないことは見破れない。自分が約束を完全には守らなかったことを知るものはない。あの夢を裏切ったとしても、それを知るのは自分だけだ。あの夢、それまで存在しなかったものを創ろうとするとき、その創り手に訪れる幻影。創ろうとしているものが歌であろうと、刀であろうと、丘に広がる白亜の馬であろうと。

ルブリンは首を振った。「いいえ、うまくいってはいません。これはあるべき形ではなく、この馬には命が宿っていない。でも今ではどうしたらいいかがわかっています。あすになったら、もう一度やり直します」

「おれはこの馬が気に入っている、と言ったらどうする？」

「馬は、おれにとっても気に入るものでなくてはなりません」こう言ってから、ルブリンは突然、にっこりした。「そうだ、取り引きしたんだ。あなたの気に入る馬が作れたら、おれの一族を自由にしてくれるという条件でしたね。でもこれはおれが作る最後の、秘密を閉じこめた絵ですから、おれの力の限り、いい馬を作らせてください」

一瞬ひやりとする沈黙が訪れた。切り立った草地に立っていた赤駒は首を振りたて、乗り手に急に手綱を引かれたとでもいうように、一歩よろけた。

「それともおれが時間稼ぎをしているんだと思いますか？　この期におよんで命を惜しんでいるとでも。そうやって死ぬんではみじめだな」

これで事はあからさまになった。クラドックは首を振った。クラドックの表情は、彼にとってもそのことは暗闇に封印されていたことなのだと語っていた。今、それを見すえるべき時が訪れた。

「馬ができあがり、あなたとおれの両方が気に入ったら、そのときにはおれは覚悟ができている」ルブリンが言った。

丘陵地帯の空高く、ひばりが鳴き交わしている。ひばりの歌はふるふると震え、夕風に乗って、遠くへ消えていく。クラドックが口を開いた。「祭司がそんな要求をしたなどとは、聞いていないぞ」

「祭司は関係がない」風で目に入る髪を、ルブリンは手でかきあげた。「このことが族長の領分に属すことを、祭司はわかっている。これはあなたとおれとの契約、そして神々と人間との契約であることを、祭司は知っています」

第十一章　深まる孤独

捕虜の小屋にもどったときには、たそがれは色を深くし、料理の焚き火の炎がさかんに燃えていた。いくつもの顔が何か聞きたそうにこちらを振り返った。革ひもを繕っていたダラが顔を上げて、質問した。「白馬はどうだった？　うまくできていたか？」

「いや」ルブリンが答えた。「あれではだめだ。もっとも、クラドックはあれでよいと言ったが」

「それならなんの問題もないではありませんか」女たちの場所で、テルリが言った。

「いや、問題はある」ルブリンは炎が照らしだした顔をぐるりと見回した。仲間の顔、そのひとつひとつをはっきりと、そしてじっくりとながめた。彼らのために死ぬ用意はできている。

「なにが問題なのです?」テルリが強い口調で聞いた。突然思いついた何かを、認めまいとしているようだ。

「馬の姿は、すべての馬の母である女神エポナにふさわしいものでなくてはならない」ルブリン・デュが答えた。「それに馬ができあがったときには、おれは自分の命を捧げて、その姿に生命を呼ぶ。だから死ぬに価する馬でなくてはならない」

ボロをまとった小さな集団に、ため息よりもほんの少し大きい波紋が広がったが、その波紋はすぐに静まった。衝撃が走ったわけではない。みんなも、何がどうあるべきか、よくわかっていた。

静けさを破ったのは、ダラの声だけだった。ダラは革ひもから目を上げて、言った。

「新しい長は、おれだ。一族が生きのびるために死ぬのは、長の役目だ」

「いや、違う。おまえの仕事は、テルリといっしょに北の新しい草原へ、みんなを率いていくことだ。それが新しい長の役目だ。おれは前の長の息子で、馬の作り手でもある。どういう馬を作るべきか、女神エポナが自ら、おれに示してくれた。だから命を捧げるのはおれでなくてはならない」

なんと単純なことだろう。単純で必然的で、ぐるりと回って完結している。ちょうど白い昼顔の花が朝に咲き、たった一日の命を生き、夕べに閉じ、そしてやがてそこから生まれるものがあるように。

ルブリンはダラのとなりに腰を下ろして言った。「あしたから、もう一度仕事をやり直そう」

そういうわけで、やり直しが始まった。石灰を塗った牛皮と枝とを、改めて置きなおす。ルブリンは丘の傾斜面と自分の物見の木とのあいだを、何回も往復した。しかし今回は、まったくと言っていいほどまちがうことがなかった。確かに、ルブリンを導いているのは、女神エポナ御自らであるに相違ない。今、ルブリンが丘の斜面に写しとろうとしているのは、馬の形そのものではなかった。ツバメの飛翔や竪琴の音色が織りなすものをつかもうとした、あの文様の秘術、あれにずっと近いものだった。

　一本の長く美しい線が、弓のように反った首から背中、そして尻尾へと、途切れることなく流れていく。ピンと立った耳から尻尾の先までは、大股で百四十歩以上。ところが胴体は非常に細く、もっとも広いところでも四歩を少し出るだけ。頭は鷹の頭のようだし、向こう側の足は二本とも、胴体に接するところがない。しかしそんなことは、問題ではなかった。ルブリンは今、馬の形そのものをなぞろうとしているわけではないのだ。ひばりがさえずり、流れる雲が影を落とす丘の上に描こうとしているのは、馬が秘めているもの、力であり美しさであり、そしてエポナ御自身の姿だった。そんなこととは、ルブリンに絵を描くよう命じた征服者は思いもよらないであろうが。

　奇妙な形を作らされているというのに、ダラもほかの者も何も言わなかった。もっとも彼らはどんな形を作っているか知るには、近くにいすぎた。近すぎて、草の上に散らばった枝以上のものは見えなかったのだ。彼らが馬を目にするのは、北に向かって砦を出発し、谷の向こうから振り返る、その瞬間だろう。それまで、彼らが馬の形を知ることはない。

みんなはルブリンの言うことに、まるで祭司の言葉に従うように、黙々と従っていた。再び牛皮のしるしに沿って白い枝が置かれ、その枝が描いたおおまかな輪郭は、次には革ひもでていねいに描き直された。一枚の牛皮を端から細長く裂いていって、槍の飛ぶ距離ほども長い、がんじょうなひもを作る。そのひもに木片を刺して、地面に留めていく。そういう作業のあいだじゅう、テルリやダラでさえ、ルブリンの前ではかしこまり、ルブリンと親しくするのを避けていた。昼も夜も、夕方小屋で焚き火を囲んでいるときでさえ、ルブリンは特別に扱われ、気安く話しかけてくる者はいなかった。ルブリンは自分は一人ぼっちだという思いを深くした。これほど孤独だったことはないし、こんなふうに孤独だったこともなかった。

　ある夕方に、革ひもを使って作った輪郭が、できあがった。ルブリン・デュはその輪郭を、鼻面から始めて、ぐるりと一周してみた。もうハルニレの木に登ってもしかたがない。革ひもで描いた細い線は、遠くからでは見えないだろう。しかし自分の足で草原を歩いた感じで、すべてがまちがいないことが感じとれた。

「あしたから、芝土をはがす作業を始めよう」少し後ろからついてきていたダラに向かって言った。

「こんなに早くか？」ダラの声は、底に鋭い痛みを隠している。

ルブリンは西のほうを見ていた。刷毛で描いたような雲が、日没の太陽の色に染まっている。「芝土をはがすだけじゃないぞ。表面の土を掘り起こして、下にあるきれいな白い土を出さなくちゃならないんだ。きつい作業だから時間がかかるし、そのあいだに何が起こるかしれたもんじゃない。天気だっていつくずれるかわからないさ。それに刈り入れまでに全部を終えないと、今年のうちに北へ向かって出発することができなくなってしまう。できるあいだに、時間を稼がなくてはだめだ」

こうして翌朝から、芝土をはがしとる作業にかかった。外側の線は、ルブリン自身が青銅の斧を使って、切っていく。そのあとをダラやほかの連中が、線の内側の芝土を引きはがしていく。緑の芝土から、きれいな色をした小さな花々、クローバーやタイム、コゴメグサなどの花がのぞいている。芝土は、女たちが大きなかごに入れて運び、はるか下のやぶの生えた窪地に捨てた。

　日々が過ぎ、そしてまた日々が過ぎていった。男たちは幅広の鹿の角で作った鍬やら、すきやらを使って、地面を掘った。表面の土は汚れていてあまり白くないために、掘り出さなくてはならない。それを女たちが運びだし、近くに積み上げた。とうとう腰ほどの高さまで掘り下げ、きれいなまっ白な白亜層が露出した。しかしこれで終わりではない。まっ白な土も掘りだして、積み上げる。後で表面にあった汚れた土を穴に戻して、最後にまっ白な土で表面をおおうのだ。

　夏じゅうかかって、巨大で奇妙な形が丘に姿を現してきた。この丘を遠くにのぞむ地に住む人々は、南の地平線にかいま見える奇妙な形を、不審に思っていた。あの白い丘では、いったい何の術をおこなっているのだろう？　その夏は気候がおだやかで大風も大雨もなく、丘のわきの畑では、麦が丈高く育ち、豊かに実がついていた。雌馬からは、元気な仔馬がたくさん産まれた。どうやらあの丘の術はよいものらしい。人々は喜び、この年のことを白馬の夏として、長く曾孫の代まで語り継いだ。

作業は終わりへと向かい、麦の穂（ほ）に実が入り、収穫（しゅうかく）のときが近づいた。最後に残っていた芝土（しばつち）が、切りとられた。ルブリン・デュは不思議な鳥のような馬の頭の部分をまっ白な土でおおい、ていねいに均（なら）すと、自分の仕事が終わったことを知った。

次の朝イケニ族の者たちと、もどってきた先住民とがともに畑で作業をしているあいだに、ルブリンはあの大きなハルニレの木のところへと走った。春の初めに仕事にとりかかったときには、ハルニレの枝々（えだえだ）は薄紫（うすむらさき）の雲をかぶったようだった。それが夏の終わりの今、濃（こ）い緑色の大きな葉にみっしりとおおわれている。谷のはるか向こうに自分が作ったものを見るために、ルブリンは二本の枝（えだ）をかき分けて、すきまを作らなければならなかった。

すきまからのぞくとそこに白馬の姿（すがた）があった。夢（ゆめ）に見た白馬が、軽やかに丘（おか）を駆（か）けている。遠い道を走ってゆく運命を、まるで知っているようだ。弓なりの首と流れるような長い尻尾（しっぽ）が、丘波と響（ひび）きあって、世界が始まったときからそこにあったように見える。そして世界が終わるときまで、白馬は丘（おか）の一部として存在（そんざい）し続けるだろう。なんという不思議な形をした馬なのだろう。頭は鷹のように見えるし、向こう側の二本の足は、胴体に触ってさえいない。しかしこの不思議な形のおかげで、馬は空を翔るようなすばらしい軽さをもった。馬は力と美しさにあふれ、炎と月光で作られた生き物と化している。枝のすき間からながめていたルブリンは、自分が限りなく夢に近づいたことを知った。自分が作ったものは、限りなく完璧に近い物だ。もちろん人間に与えられた力の限界はあったが、しかし神の指はルブリンの頭上にあった。

彼がしなければならないことは、あとひとつを残すだけとなった。

ルブリンは古い友人にさよならを言うようにして、ハルニレの木のざらざらした樹皮に自分の手をあてた。この大きな枝のもつ偉大な生命の力を手のひらに感じることも、二度とあるまい。それから地面に飛びおりると、丘の頂上をめざして、最後の帰路をたどった。自分の一族の砦だった場所へ、その砦を占領したアトレバテース族の族長に、用意ができたことを告げるために。

馬屋のある中庭に、新しい戦車を点検しているクラドックの姿があった。つばめが軒下でなき交わしたり、ブヨの柱をめがけて、低空をすべるように飛んだりしている。

「クラドック族長、あなたの命令でつくった白馬が完成しました。アトレバテース族の勝利を讃える太陽の馬です。行って、見てもらえますか?」

戦車のくびきを縛った革ひもの様子を調べていたクラドックは、首を振った。「馬ができあがるあいだ、おれはずっと見ていた。夏中行き来していたのを、おまえも知っているだろう。今さら見に行く必要はない」

「それなら言ってください。あの馬はお気に召したでしょうか?」

「おれは最初の馬でもよかった」クラドックは続けた。「しかし、おまえもおれも生粋の馬族だ」(ルブリンの胸に思い出がよみがえってきた。これと同じ言葉を、父が口にしたことがあった。場所もこの同じ中庭で、あのときもやはりツバメが飛び交っていた)「馬族なら、すぐれた雌馬は見れば分かる。あの白い雌馬は、群れにたくさんの仔馬を恵み、女たちには息子を恵んでくれるだろう。確かに、あの馬はおれの気に入った」

「それでは仲間のところへ行って、出発の準備を整えるよう伝えます」

「四日待て。ラマスの祭りがやってくる。ラマスの祭りの火が消えたら、馬を用意してやろう。おまえの一族が出ていけるよう、城門を開けておくよう命じておく」

第十二章　北へ向かう者たちの歌

馬が連れてこられて、夏の乾いた地面にひづめのたてる白っぽい土けむりがあがった。砦近くに囲われた馬の群は、雑多な寄せ集めだった。よい馬ばかりを選んだわけではないな、とルブリンは思った。とはいえ、どうしようもない馬ばかりを選んだというわけでもない。クラドックは公平だ。雄馬は、栗毛と赤毛の二頭で、それぞれ他から離されて囲いに入れられている。雌馬は二十頭か、あるいはもっと多いかもしれない。何頭かははらんでいるようだ。調教されていない二歳馬が混じっていて、旅の途中で手をやきそうだ。それに仔馬が五頭。

ラマスの祭りの夜、砦の東にある高い丘の尾根に、大きな焚き火が二つ焚かれた。牛馬の多産を願って、牛と馬にこのかがり火の間を抜けさせるのだ。牛と馬がひづめの音をひびかせて、暗い道を登っていく。後ろで牧童が怒鳴る声が聞こえる。イケニ族の者も、ラマスの火のまわりに集まっていた。一族の者たちに囲まれて、ルブリンも祭りの様子に目をこらしていた。これまで幾度、この祭りを見たことだろう。たてがみをふりたて目をぎらつかせた雄馬、仔馬をしたがえ、おびえた様子の雌馬。牛馬の群は闇から出て、赤々と燃える焚き火に一瞬照らしだされ、そしてまた尾根を越えて闇へと帰っていく。そのとき、たてがみや尾を風になびかせ頭をそばだてた馬の流れのなかに、一瞬白い閃光が走った。炎に浮かびあがったのは、乳のように白い馬の脇腹。あの白馬が夢から抜け出て、闇から闇へと駆けぬけたのだろうか。ルブリンが物心ついて以来、心のなかにはずっと、あの夢の白馬が住んでいた。しかし、その夢の白馬は、今ではあの山肌にいる。ラマスの火が風に炎をなびかせている丘の頂、そこから軽く槍を投げれば届く場所で、白馬はルブリンが来るのを待っている。

馬の流れのいちばん最後に、イケニに与えられた赤毛の雄馬といちばんいい雌馬三頭が連なっていた。北の国で豊かに繁殖するように、イケニ族の馬もかがり火のあいだを通らなくては。その後を牛の群が続き、そして火がだいぶ衰えたころ、若い戦士たちがそれぞれ女の手をひいて走りだした。よい息子に恵まれるように、衰えかかっている炎の間をふたりで駆けぬけるのだ。やせてボロを着たイケニの男たちのなかからダラが前に進み、テルリの手を取っていっしょに走った。ふたりの足が、赤く燃えるおき火をけちらしていく。自由になれるという激しい喜びにつきあげられて、テルリの喉からは春のシギのような歓声があがった。ほかのイケニの者たちがふたりに続く。新しい草原では仔馬だけでなく、人間の赤ん坊もたくさん生まれなければならない。

そんな彼らを、ルブリンは見つめていた。

やがて炎は勢いをなくし、今では灰のなかにおきが残るだけとなった。おきはふちが焦げた花びらのように、そこここでチリチリと燃えている。ゆらめく赤い炎に追いはらわれていた闇が、今、星とともに帰ってきた。星こそ旅する者の守り手、狩りを導き、そして群れを率いてくれるだろう。その晩が星の降る夜であることを、ルブリンは喜んだ。

朝となった。ムナグロ鳥が鳴き、林の低いところにたちこめていた霧が日の出とともに薄れていった。朝の光を浴びて山肌では、白馬がぽっかりと目を開け、空と対面しているだろう。城門は開け放たれて、イケニ族の出発を待っていた。騎乗して群れを率いる三人の男たちは、もう馬の背にまたがっている。あとに続く馬も、囲いから出された。古びた荷馬車が二台引きだされて、荷物と幼い子どもたちが乗せられた。小さくても頑健そうな馬の背には荷かごを振り分け、残りの荷や小さな子どももそこに乗せた。男も女も、巻いたものやかごやらを抱えている。年とった山羊が一匹、男に引かれている。男たちは槍を持ったが、武器を手にするのはいったい幾月ぶりのことだろう。女たちは長い徒歩の旅にそなえて、ボロボロの服をベルトで短くたくしあげている。年老いた者はひとりとして見あたらない。希望をなくした年寄りのうえに、捕囚の一年間はとりわけ苛酷だったのだ。そのうえ北への出発が近づいてから、何人かが毒を飲んだ。この地に置き去りにされることを恐れ、また一族の足手まといとなることを恐れてのことだった。

むかし竪琴弾きのシノックは、新天地をめざした祖先の歌を歌ったものだ。しかしきょうの風景はあの歌とは、なんと違っていることだろう、ルブリン・デュは思った。あの歌のなかでは、丘を行く戦車の車輪の響きはあたりを揺るがせ、おびただしい馬の群が続き、牛のひく荷車は山ほどの荷や道具を積み女子どもを乗せ、その後ろを肉牛の群れがモーモーなきながら追われていった。しかしもしかしたら、あの胸躍る歌よりもきょうのこの出発のほうが、いっそう勇ましいことなのかもしれない。奴隷とされてすっかりやせ衰えた、一握りの戦士と女たちが、何も持たずに出発する。彼らが持っているのは、ほんのかすかな希望……。

馬に下げられたかごのふちから、子どものきまじめそうな丸い目がのぞき、ルブリンと目が合った。やせた犬がルブリンのかかとのにおいを嗅いでいたが、飼い主の後を追って行ってしまった。もうじきみんな行ってしまう。壮大な城門の下に立っているルブリンを見ても、皆は言葉少なかった。何と言えばいいのか言うべき言葉が見つからない、とでもいうように。

最後にテルリが、ひたいにかかる髪をかきあげながら、ルブリンの前にやってきた。そういえばテルリの髪は太い三つ編みに編んでも、いつもパラパラとほつれて、ひたいにかかる。テルリには、もう少女の面影は少しもなかった。きれいだ。ルブリンは突然、彼女の美しさに気がついた。ひどくやせているが、美しくてムチのように鋭い。さわったら、手が切れそうなほどだ。そして目は、ルブリンを見ているにもかかわらず、すでに遠いところにいるようだった。

テルリが何を言えばいいかわからないでいるのを見て、ルブリンは「行きなさい。無事、新しい草原に着くよう祈っている」と声をかけた。

テルリはルブリンのほうに手を出しかけたが、そのまま手を戻すと、「きっと、着きます」とはっきりと自信ありげに言った。「すべてが兄上のおかげだということを、わたしたちは決して忘れません。荷車に乗った子どものなかに、歌の才のあるものがいるかもしれない。あるいは、歌う子どもは、これから生まれるのかもしれない。できればダラとわたしのあいだに、歌を歌う子どもが生まれるといいと願っています。いずれにしろ、やがて時が満ちたとき北の国の草原で、わたしたちは竪琴弾きの歌に耳を傾けることでしょう。竪琴弾きは、北へ向かったわたしたちの歴史を歌うでしょう。その歌は兄上を讃える歌、ルブリン・デュの歌でもあります」

もう一度テルリは手を出しかけ、そしてもう一度そのまま、ルブリンにさわることなく手を引いて離れていった。

もう長いこと、だれもルブリンに親しく触れてくる者はいなかった。ルブリンと同じ入れ物で食事をする者もいなくなっていた。みんながルブリンを避けるようになって以来、ルブリンはひとりぼっちだった。

もうすぐ、本当にすぐに、みんな行ってしまう。

そうして最後の最後に、ダラがやってきた。ダラは出発の準備を指揮するのに追われていたから、ルブリンは、もう別れの言葉はないものと思っていた……たぶん逆の立場だったら、自分もそうやって黙って出かけたかもしれない……しかしダラは馬の背にくりかけていた巻いた敷物をその場に投げすてると、城門に戻ってきた。そしてルブリンに近づき、ルブリンの肩に両腕を回して抱いた。胸を裂かれる悲しみの前では、しきたりを破ることなどなんだというのだ！

ルブリンは一瞬、城門の柱のように硬直した。しかしすぐに両腕をダラの身体に回した。ルブリンにとってダラは、五歳のときからの親友であり、兄弟以上の存在だった。長く深いひととき、二人はおたがいの顔を相手の首のくぼみに埋めて、強く抱きあっていた。

「おれの魂の友よ」ダラが言った。「りんごの聖樹の地で、おれを待っていてくれ。あすかもしれない、あるいは北の国で多くの戦士の長となり、年老いて馬にも乗れず刀も持てなくなってからのことかもしれない。でも必ずおまえのところへ帰るから、それまで待っていてくれ。おまえをいつも思っているから、おれを忘れないでくれ」

「忘れるものか」

こうして二人は身体を離し、ダラは馬のところへもどった。近くで、だれかがダラの馬のくつわを持って待っていた。ダラはひらりと馬に飛び乗ると、手を挙げて、出発の合図をおくった。乗り手がムチを入れ、馬が動きだし、二台の古い荷車の車輪も回りはじめた。

男も女も荷をかつぎ上げ、係の男たちは馬のまわりを動いて、群を追った。どこかで子どもが泣きだしたらしく、生まれたての仔羊のようなか細い泣き声が聞こえてきた。

ルブリンはきびすを返し、北の防壁に登って、みんなを見送った。

ボロをまとった男女、今日一日でさえ、もつかどうかあやしい二台の荷車。貧弱な馬の群れと、そのわきで馬を追う男たち。一行は丘の向こうに消え去り、道が曲がったためにまた目に入ってきた。険しい谷や突きでた丘のあいだで、道が見えかくれしている。谷を越えると、古の馬追い道に出る。それを北に向かってたどっていく。どこかで、彼らは振り返るだろう。ルブリンにはよくわかっていた。そして山肌のあの偉大な白馬を見るだろう。一度でいい。あとは二度と振り返ることなく、北を指して進むがいい。山と湖に囲まれた遠くの輝く土地をめざして。

しかしなんと小さな集団なのだろう。赤ん坊を入れても、二百名にも満たない。途中で何人が生まれ、何人が死ぬのだろう。めざしている土地にたどり着くまで、どのくらいかかるのだろうか。一年か、二年か？　それとも一生の半分？　本当にたどり着けるのだろうか。
彼らの後ろに白い土けむりが上がっていたが、道はやがて森に入った。
土けむりさえ見えなくなるまで、ルブリンはいつまでも見つめていた。

第十三章　太陽の馬、月の馬

　白亜の丘の新しい支配者たちは続々と砦を出て、昼前には白馬の丘に集まりはじめた。青、茶色、サフランの黄色、けしの赤、彼らのマントで山肌が点々と染まっている。急な北向きの斜面のせいで、昼間だというのに、影が長く尾をひいている。人影も小山の影も、夕刻のように細く長い。長く暑い夏が終わった今、芝土は色を失い茶色く枯れている。それでも草いきれと小さな花の芳香が入り混じって、いかにも真昼らしい匂いがたちこめている。丘の白馬の近くに着いたとき、ルブリンがまず感じたのは、この草と花の匂いだった。人の集団が放つむっとする濃厚な匂いよりも、なぜか草と花の匂いがまさっていた。風が涼しげな樹木の香りをそっと運んできた。谷底から裸の山肌を越えて届いた樹木の匂いを、ルブリンは感じた。頭上では、小型のハヤブサが鋭い叫びをあげている。人々の集団は静まり返っている。あたりがシンとしているために、鋭く引き裂くようなハヤブサの声が、まっすぐに耳に飛びこんでくる。低地のあたりには、薄青いもやがかかっている。生まれてからずっとなじんできた景色だが、しかしこれほど鋭く、痛いほど鋭く感じたことはない。風と、陽に暖められた芝土と、ハヤブサの叫び、そんなまわりの景色とルブリン自身の身体を分ける皮膚が一枚剥げ落ちたかのようだ。

ルブリンは裸だった。身体は赤と黄土色で、自分の部族のものとは異なる模様が描かれている。祭司が、ルブリンの額と目のまわりに、黒っぽいいちごの汁で線を引いた。ルブリンの両脇をかためるように、ふたりの祭司がついて歩いた。白馬の前足のあいだで、ふたりの男が待っている。ひとりはクラドック。血のように赤い儀式用のマントをはおっている。マントのへりには、貂のしっぽで作った房がついている。もうひとりは祭司長。どんぐりで育てたブタのように太った男で、祭司だけに許された純白の布をまとっている。神々への供物のおながれがふんだんなために、アトレバテース族の祭司たちは例外なく太っていた。祭司長の手には、青緑色の石のナイフが鈍く光っている。

ルブリンはナイフを見ると、風や芝土やハヤブサのなき声と同じように、ナイフも自分の身体の一部だという気がした。しかし、この見知らぬ男、祭司長の手で死にたくはなかった。そんな取り引きをした覚えはない。

ルブリンはクラドックをじっと見た。「これはあなたとおれだけの問題だ」

「確かに、われわれふたりの問題だ」クラドックが答えた。「わが部族は、祭司がいないことにはどんな儀式もやれないらしい。しかしこのことは、族長の領分に属することだ、わが弟よ」

クラドックが手を差しだすと、となりにいた祭司長は、その不思議な暗緑色の石のナイフを族長の手のひらに載せた。

ルブリンとクラドックは並んで、白馬の胸の部分にあたる白い土が露出した場所へと歩いていった。集まった祭司たちが低い声で唱和を始め、群衆がそれに参加する。声は大きく大きく高まってゆき、やがて祈りと勝利を讃える歌となった。白馬の弓なりの首は、王の歩く道のようだ。ルブリンは戴冠式に臨む王のように、その道を歩いた。そして鷹の頭のような奇妙な頭部に到着する。誇らかに開いた馬の目が、太陽と月、転る星、世界を吹きわたる風を受けとめているように感じられた。「別に、ただ芝土を丸く切りとった場所というだけのことだ」心の内部で、自分のおろかさを静かに笑う何ものかの声がした。しかしもっと深いところでは、わかっていた。これは奇跡、天と地が出会い、天と地が溶けあう場所。心のなかでまた別の声がする。「ここにいつかブルーベルの花が咲くだろう。結局それがいちばんすばらしい奇跡だ」

ルブリンは横たわった。

「覚悟はいいか?」クラドックがかたわらにひざまずいて、訊いた。

クラドックの風にさらされた顔を見上げ、細めた青い目に向かって、ルブリンは微笑んだ。「いいとも」

頭上には風が彫んだような空の高みがあることを、身体は暖かい大地に支えられていることを、ルブリンは知っていた。やがて枯れた草のあいだから、ブルーベルの花が咲き、ほっそりとした茎が風にそよぐだろう。ルブリンの耳に時間と空間を越えて、新しい土地にたどりついた一族の者たちの声が聞こえてきた。山と海に囲まれた北の草原に、疲れきったしかし喜びにあふれた声がこだましている。

「自由になれ、わが弟」クラドックの声がした。

近づく刃に、太陽が反射するのが見えた。

訳者あとがき

『ケルトの白馬』に書かれている白馬の地上絵は、今も英国の丘に、美しい姿を見せています。オックスフォードの町から三十キロほど離れた、アフィントンという小さな村の近くです。

一九九四年英国旅行中に、この白馬を見ようと車を走らせたことがありました。ところが途中で道に迷ってしまい、短い秋の日が暮れてきました。あたりは車も少なく、だいいち地図には「ホワイト・ホース」と遺跡のマークが書きこまれてはあるものの、どこに行ってどう見ればよいのか見当もつきません。ほとんどあきらめかかったころに、道ばたの駐車スペースに止まっていた車に、林のなかから人が戻ってくるのが見えました。よく見ると林に入るところに小さな案内板が立っていて、「ホワイト・ホース」と書いてあります。あたりが観光地ではないこともあって、名所とはとても思えない地味なたたずまいです。私たち一行は、やれやれとばかりにその林に続く小道を登りました。坂道を百メートルも登ったでしょうか。展望台というほどのものでもない、小さく仕切られた場所があり、そこに立って上方を見上げると、ありました！　空に近い丘に、白馬が姿を見せてくれました。

馬といわれれば確かに馬です。でも馬だと知らされなかったら、果たして馬だと思ったでしょうか。全長一一一メートルと言われていますが、近くで見たせいか、もっとずっと大きいように思えました。とはいえ威圧感はなく、軽やかな躍動感にあふれていて、鉄器時代の遺物というよりは、斬新なウルトラモダンのデザインと形容したくなる形です。あと十五分おそかったら、もう見分けることはできなかったでしょう。光と闇の境の時間に見たそれは、別世界から現れた清洌な謎のようでした。あの白馬はいったい何なのか、だれが何のために作ったのか……。

ローズマリー・サトクリフ著『ケルトの白馬』は、その問いに対する、サトクリフならではの答えです。清洌な謎に匹敵する、清洌な答えだと思います。


物語の背景となっているケルト文明について簡単に解説しましょう。

ケルト人は、紀元前五世紀ごろにはヨーロッパ各地に、集落を作って居住していたようです。前五世紀から前一世紀の中頃まで、ケルトの後期鉄器文明が、ヨーロッパ大陸とブリテン島で繁栄しました。しかし前一世紀半ばに、ローマの将軍カエサル（ジュリアス・シーザー）による大規模な侵攻があり、いくつかの部族による抵抗はあったものの、結局ローマの支配下に入ったのです。

彼らは文字を持たなかったため、彼ら自身の残した記録がなく、長いこと謎の民族といわれていました。しかし最近の考古学の発達により、独自の優れた文化が解明されるようになり、再評価が高まっています。

ブリテン島のケルト人は、それ以前に居住していたイベリア系の先住民を制圧し、勢力を広げました。しかし国としてのまとまりを持たずに、それぞれの部族が、部族同士激しい抗争をくり返していたようです。ギリシャ人の目にはケルト人は「誇り高く勇敢だが、野蛮で戦争を好む」民族と映ったようです。ケルトの戦い方は、全身を青く塗ったいでたちや、恐ろしい叫び声やらで敵を威圧し、主に一騎打ちで勝負をつけるというものです。それに対してローマ軍は、訓練を受けた兵士たちが軍団を組み、高度な作戦を展開するというものでした。『ケルトの白馬』はローマ軍の足音が遠くに聞こえはじめた紀元前一世紀ごろを背景にしていますが、ローマ軍団はケルト人を圧倒する強さだったのです。

ルブリンの属するイケニ族は、イーストアングリアと呼ばれるイングランド東部に、主に居住していました。ルブリンの一族を征服したアトレバテース族は、ローマ支配を嫌って、ガリアからブリテン島に逃れてきた部族です。しかしどちらの部族も、紀元前一世紀の終わりには、ローマに屈服し、ローマの属州となってしまいました。時代が下った一世紀の中頃、イケニ族の女王ブーディカは、ローマの圧制に対して、大がかりな武装蜂起を起こしました。数ではローマ軍をはるかにしのいでいたというのに、結局鎮圧され、壊滅的な打撃を受けました。このとき虐殺されたイケニ族の数は七万人とも言われています。

結局ローマ支配から逃れたのは、スコットランドとウェールズ、そしてアイルランドに逃れたケルト人だけでした。ダラの一行がスコットランドに到着できたとすると、生きのびたのは征服者アトレバテース族ではなく、逃れたイケニ族、ということになります。その後ブリテン島はゲルマン人やサクソン人の侵攻も受け、さまざまな人種が入り混じって現在の英国人が形成されましたが、そのなかでアイルランド人、スコットランド人、ウェールズ人は、ケルトの血を濃厚に受け継いでいると言われています。

ケルト文化には、大きな二つの特徴がありました。ひとつは文字のかわりに「霊気がただよう」とでも形容したくなる装飾文様を多く残していること。ケルト美術はギリシャやローマのものと違い、人や動物の形をそのままに写そうとはしませんでした。ケルト人が好んだのは、もっと抽象化された表現で、渦巻きをはじめとするさまざまな文様だったのです。ケルトの盾や鏡、装飾品を見ると、めくるめく曲線が迷宮のように入り組んでいて、じっと見ていると、めまいを起こしそうな気になります。曲線から不思議な感動が伝わるのは、曲線でしか表せない何事かが封じこめられているからでしょうか。このケルト的な感性を、サトクリフはルブリンという風変わりな少年として血肉化しています。

またブリテン島のケルト人から、ドルイド教と呼ばれる宗教が起こりました。「ドルイド」とは「樫の木の賢者」という意味だそうで、「樫の木の賢者イシュトラ」は、ドルイド神官であることがわかります。ドルイド神官たちは、ある場合は王の権力も及ばぬほどの力を持ち、予言や医療、教育に当たっていたようです。

人間の頭部に霊力があると信じ、敵の頭部を切りとり自宅に飾っていたことや、神を鎮めるために生け贄として家畜や、場合によっては人間を捧げていたことから、ドルイド教の残酷さが強調されることがあります。しかし人間と自然、人間と神の関係が濃密で、そして現実と非現実の境が、現代よりはるかにあいまいだった時代のことです。彼らの感性が私たち現代人のものと違っているのは、避けられないことでしょう。

著者のローズマリー・サトクリフ（一九二〇年～一九九二年）は、英国の優れた子どもの本の書き手であり、子どもだけでなく大人も惹きつけてやまない歴史小説をたくさん残しています。代表作はローマ時代のブリテンを描いた三部作『第九軍団のワシ』、『銀の枝』、『ともしびをかかげて』（すべて猪熊葉子訳、岩波書店刊）で、このうち『ともしびをかかげて』で、一九五九年度のカーネギーメダルを受賞しています。サトクリフは二歳のときにスティル氏病にかかり、生涯のほとんどを車椅子ですごしました。自由に動くことのできなかったサトクリフですが、肉体の自由のかわりに、奔放な想像力と鋭い観察眼を獲得することがかなったのかもしれません。サトクリフの作品は、はるか遠い時代とその時代に生きた人間を、実際に見えるかのようにまざまざと描きだす、そうでありながら史実に忠実であると、第一級の評価を得ています。また病と戦わざるをえなかった生涯を反映して、心身に傷を抱える主人公が、傷と戦いながら、自分の生きる道を見いだすというテーマの作品が多いのです。『ケルトの白馬』でも、見事にその腕が発揮されていると思うのですが、いかがでしょうか。

闇は濃く、太陽の光も密度があった時代は、人の血も濃厚だったのでしょう。ルブリンとダラの友情も、濃密な情念が感じられます。ルブリンは、ダラがいることで命の火をかきたてられ、しかし一方で孤独でした。実はサトクリフは作家になる前は、画家になる勉強をしており、実際に彼女の描いた細密画はロイヤルアカデミーに出品されたこともあるのです。形を描く情熱を持っていたこと、そして愛と孤独、ルブリンにはサトクリフの心情が強く反映されているという気がしてなりません。

『ケルトの白馬』は、代表作三部作ほどの長さはありませんが、珠玉の作品だと思います。私が英国で最も心ひかれた風景と、大好きな作家が結びついた作品を紹介することができて、こんなにうれしいことはありません。この上ないチャンスを下さり、しかも翻訳を支えて下さったほるぷ出版の松井英夫さんに深く感謝します。

本書は二〇〇〇年刊『ケルトの白馬』の
新版です。

ローズマリー・サトクリフ（1920-92）
Rosemary Sutcliff

イギリスの児童文学者、小説家。幼いときの病がもとで歩行が不自由になる。自らの運命と向きあいながら、数多くの作品を書いた。『第九軍団のワシ』『銀の枝』『ともしびをかかげて』（59年カーネギー賞受賞）（以上、岩波書店）のローマン・ブリテン三部作で、歴史小説家としての地位を確立。数多くの長編、ラジオの脚本、イギリスの伝説の再話、自伝などがある。

灰島かり

子どもの本の作家、翻訳家、研究者。英国のローハンプトン大学院で児童文学を学ぶ。著書に『絵本を深く読む』（玉川大学出版部）、訳書に『ケルト神話 炎の戦士クーフリン』『ケルトとローマの息子』『夜明けの風』（ほるぷ出版）、『猫語の教科書』『猫語のノート』（筑摩書房）などがある。

サトクリフ・コレクション
ケルトの白馬［新版］

2000年12月25日　初版第1刷発行
2020年１月20日　新版第1刷発行

著者　ローズマリー・サトクリフ
訳者　灰島かり
発行者　中村宏平
発行所　株式会社ほるぷ出版
〒101-0051　東京都千代田区神田神保町3-2-6
TEL. 03-6261-6691　FAX. 03-6261-6692
https://www.holp-pub.co.jp/
印刷・製本　中央精版印刷株式会社

NDC933　176P　188×128mm
ISBN978-4-593-10156-6